DARIA BUNKO

兄の彼氏の兄

神香うらら

illustration ❋ 明神 翼

JN286505

イラストレーション❋明神 翼

C O N T E N T S

この作品はフィクションです。
実在の人物・団体・事件などに一切関係ありません。

兄の彼氏の兄

1

東京都心から急行で約十分、私鉄が交差するターミナル駅を降りると、南北に長い商店街が延びている。

一見昔ながらの商店街だが、都心から近く若者に人気の街とあって、洒落《しゃれ》たブティックや雑貨店、マスコミでたびたび紹介されている有名洋菓子店など華やかな店も多い。

商店街を北に向かって歩くと、ほどなくガラス張りの大きなフラワーショップが見えてくる。

フラワーショップの横には、二階へ上がる階段と、几帳面な文字でTea room Ambrosiaと綴《つづ》られた折りたたみ式の小さな黒板。

――――二月中旬の土曜日。

その日、ティールーム・アンブローシアは午前十一時の開店から大いに賑わっていた。

一昨日降り積もった雪が溶け、穏やかな晴天に恵まれたこと。近所の幼稚園でチャリティバザーがあり、最寄り駅の音楽大学では創立記念のコンサートが行われたこと。

それらの要因に加えて、先月オープンしたばかりのこの店には早くもリピーターがつき始めている。ランチタイム終了後も客足は途絶えることなく、午後三時をまわった今も、店内はほぼ満席だ。

カウンターに五席、壁際と窓際に大小七つのテーブル。さほど広くない店内は、白い漆喰《しっくい》の壁と無垢《むく》材の床に合わせて、テーブルや椅子もナチュラルな木製で統一されている。ごくシンプルな内装だが、ゆったりとシーリングファンがまわる高めの天井と、縦長の大きな窓が美しい。

メニューを広げると、紅茶専門店と銘打っているだけあって、さまざまな種類の紅茶が並んでいる。ダージリン、アッサム、ウバといったお馴染みのものから、ニルギリ、キームン、アールグレイをはじめとしたフレーバーティ。神戸の貿易会社がインドやスリランカから直接買い付けてくる新鮮で上質な茶葉は、紅茶愛好家の間でも知る人ぞ知る逸品だ。

そして紅茶によく合う、店主お手製のスコーンやケーキも充実している。ランチタイムには日替わりでデザートつきのランチプレートを提供しており、この頃はランチタイム終了前に売り切れてしまうこともしばしばだ。

午後の穏やかなざわめきの中、黒いベストと黒のエプロン姿のウェイターが軽やかに行き来する。

細面《ほそおもて》のすっきりとした輪郭、意志の強そうな大きな瞳、筋の通った鼻に、形のいい唇
——かなり人目を引く容貌の持ち主だ。

まだ接客業に慣れていないのか、少々ぎこちなさはあるものの、ぴんと伸びた背筋やきびき

びとした動作が清潔で生真面目な印象を与えている。

「オーダーです。ロイヤルミルクティ、スパイスティ」

カウンター越しに、ウェイター――入江夏葉《いりえなつは》はマスターに声をかけた。

「ロイヤル、スパイス了解」

顔を上げて、マスター――入江冬雪《ふゆき》が頷く。

近くで見ると、ウェイターとマスターはよく似ている。

それもそのはず、ふたりは兄弟なのだ。

兄の冬雪は二十七歳、弟の夏葉は二十歳。銀縁の眼鏡をかけた冬雪は小柄で地味な印象だが、優しげで繊細な顔立ちは夏葉同様かなり整っている。

「兄貴、あとは俺がやるから、少し休んでろよ」

カウンターの中に入り、夏葉は冬雪の隣に立って小声で囁《ささや》いた。

今日は朝から体調が悪そうだった。熱はないし咳《せき》が出るわけでもないので店を開けたが、明らかにいつもよりも動きが鈍くて顔色が悪い。

「いや、大丈夫だよ。夏葉こそ疲れただろ。ごめんな、休憩時間取れなくて」

冬雪が振り返り、夏葉を安心させるように笑みを浮かべる。

「いいって。あ、スパイスは俺がやるよ」

冬雪がロイヤルミルクティを作っている間に、夏葉は手際よくティーポットを温めて、スパイスティを淹《い》れる準備をした。

オープン以来ほぼ毎日手伝っているので、ドリンク類はひととおり作れる。フードメニューは冬雪がいないとお手上げだが、ランチさえ終わればあとはケーキを出すくらいなので、夏葉ひとりでも問題ない。

やはり兄を少し休ませたほうがいい。そう考えながらロイヤルミルクティとスパイスティを運んで戻ってくると、冬雪が真っ青な顔をしてカウンターに手をついていた。

「兄貴！　大丈夫⁉」

客がいることも忘れて、慌てて夏葉は冬雪に駆け寄った。カウンター席で本を読んでいた客が、驚いたように顔を上げて冬雪と夏葉に視線を向ける。

「……………ごめん、ちょっと無理かも……。表の札《ふだ》、準備中にしてきて……」

「わかった。とりあえず奥行って休んでて。あとは俺がやるから」

兄を励ますように軽く肩に手を添えてから、夏葉は急いでキッチンを出た。

冬雪が弱音を吐くのは、よっぽど具合が悪いときだけだ。店をオープンさせる前から目がまわるほど忙しかったし、オープンしてからはろくに休んでいない。

（やっぱり土日だけでもバイトに来てもらわないと、そろそろ俺たちふたりだけじゃ限界だな）

表のドアに掛けられた〝営業中〟の札を裏返し、階段を駆け下りてメニューを書いた黒板を折りたたむ。
黒板を抱えて階段を駆け上がり、ドアを開けたそのとき。
ガラスが割れる音、そして女性客の大きな悲鳴が店内に響き渡った。
「兄貴⁉」
血相を変えて、キッチンに飛び込む。
キッチンの床に、冬雪が俯《うつぶ》せに倒れていた――。

2

「いらっしゃいませ」

ドアに取り付けられた鈴がちりんと鳴る音に、夏葉は振り返った。

「こんにちは」

スプリングコートを羽織った四十歳前後の女性が、夏葉の顔を見てほっとしたように表情をほころばせる。

「あ、こないだ来てくださっていた……」

彼女の顔には見覚えがあった。冬雪が倒れた日に、カウンターでひとり静かに紅茶を飲んでいた女性だ。

「ええ。あれから気になってて、通りかかったら下に黒板が出てたから」

スプリングコートを脱ぎながら、彼女があの日と同じカウンター席につく。

「その節はお騒がせしてすみません。おかげさまで兄は順調に回復してます。店に復帰するには、もうちょっと時間かかりそうですけど」

ぺこりと頭を下げて、夏葉はグラスに水を注いだ。

「あら、あのマスター、あなたのお兄さんだったの」

「はい、そうなんです」

――冬雪が店で倒れたのは、三日前のこと。

今でもそのときの光景が目に焼きついている。

驚いて抱き起こすと、冬雪の華奢《きゃしゃ》な手が血まみれになっていた。無我夢中で救急車を呼び、店内にいた客に『お代は結構です』と言って引き取ってもらった。かなり気が動転していたので、ちゃんと謝ったかどうかも覚えていない。

「あのときマスター血が出てたみたいだけど、怪我をされたの？」

「ええ。倒れた原因は貧血だったんですけど、倒れたときに割れたグラスで手を切ってしまって」

「まあ……」

彼女が気遣わしげに眉根を寄せる。

「あ、でも出血のわりには傷はさほど深くなくて、数針縫う程度で済みました。もうすっかり元気になりましたが、包帯を巻いた手でキッチンに立つわけにはいかないので、当分自宅療養です」

冬雪はぎりぎりまで弱音を吐かずに我慢するタイプだ。それを忘れていたわけではないが、あの日の朝不調に気づいた時点で休ませるべきだったと、夏葉は大いに悔やんだ。

昨年秋から開店準備に奔走《ほんそう》し、心身ともに疲労困憊《こんぱい》していたのだろう。

結局翌日の日曜日は臨時休業し、月曜日から夏葉がひとりで切り盛りしている。ただしフードメニューはいっさいなし、営業時間も午後一時から六時までの短縮営業ではあるが。

『店は無理して開けなくていいよ。夏葉だって大学があるだろう？』

冬雪はそう言ってくれたが、夏葉は首を横に振った。

『講義はほとんど終わって春休み状態だから。今はとにかく店を開けておいたほうがいいと思うんだ』

せっかくついてくれたリピーターを逃したくない。ランチ目当ての客ばかりでなく、居心地のいい空間や美味しい紅茶を気に入って通ってくれている客もいる。

「そう……早く復帰できるといいわね。またあのお手製のシフォンケーキを食べたいわ」

「兄に伝えておきます。あ、ご注文はお決まりでしょうか？」

「ミントティを」

「かしこまりました」

キッチンに戻ってポットを温めながら、自然と頬が緩んでしまう。

やはり店を開けておいてよかった。来客数は兄がいたときの半分以下だが、それでも彼女のようにわざわざ足を運んでくれるお客さんがいる。

紅茶専門店を開くことが、兄の長年の夢だった。それをよく知っているから、お客さんに愛される店になるように、少しでも手助けがしたい。

「お待たせしました。ミントティです」

カウンターに丁寧にソーサーを置く。

キッチンに戻りかけたところで新たな客が現れ、夏葉は笑顔を浮かべて「いらっしゃいませ」と出迎えた。


「ありがとうございました」

――――数時間後。

その日最後の客を見送ってドアに鍵をかけ、夏葉はふうっと大きく息を吐いた。

「よっしゃ、今日も無事に終わった！　明日は定休日！」

独《ひと》りごちながらキッチンに戻り、食器洗いに取りかかる。

夕方になって急に客が増え、この一時間はてんてこ舞いだった。ドリンクメニューだけとはいえ、やはりひとりで店番をするのは楽ではない。

（兄貴も、俺が授業とかテストでいなかったときはひとりで大変だったんだろうな……。そろそろバイト雇ったほうがいいかも）

店が軌道に乗るまで、アルバイトは雇わずに冬雪と夏葉のふたりで乗り切るつもりだった。

けれど予想していたよりも早いペースで客足が伸びている。大学の新学期が始まってからも土日と平日の夕方は手伝うつもりだが、ランチタイムにも人手があったほうがよさそうだ。

（あ、やべ。外の黒板出しっぱなしだ）

黒板をしまい忘れていたことに気づき、慌てて濡れた手を拭いてキッチンを出る。

ドアの鍵を開けたところで、誰かが階段を上ってくる足音が聞こえてきた。

（兄貴かな？）

心配して様子を見に来たのかもしれない。

しかしガラスの嵌《はま》ったドアの向こう側に現れた人影は、冬雪のものではなかった。

「すみません……今日はもう閉店なんです」

ゆっくりとドアを開けながら、夏葉はドアの前に立ちはだかる長身の人物を見上げた。

――威圧的な双眸《そうぼう》が、じろりと夏葉を見下ろす。

男の険しい表情に、夏葉は体を強ばらせた。

歳は三十代半ばくらいだろうか。仕立てのいいスーツとダスターコートに身を包み、厳《いか》めしくエリート然とした佇《たたず》まいは、この店の客層とはずいぶんかけ離れている。

「ここのオーナーに話がある」

低く冷たい声で――しかし同時にひどく印象的な声で、男は来意を告げた。

「………どういったご用件でしょう」

男の迫力に気圧《けお》されそうになりながらも、夏葉は平静を装って口を開いた。

店のことで何かクレームをつけられるのだろうか。開店以来特にトラブルもなく順調だったが、世の中にはとんだ言いがかりをつけてくる人もいるということを忘れてはならない。

「私は大河内仁史《おおこうちひとし》の兄だ。そう言えば、用件の察しがつくだろう」

「……っ！」

驚いて、夏葉は男の顔を見つめた。

大河内仁史は冬雪の高校時代の後輩で、〝大河内仁《じん》〟という芸名で活躍している人気俳優だ。

そして……兄の同性の恋人でもある。

（この人が、仁史さんのお兄さん……）

言われてみれば、仁史と顔立ちが似ている。仁史の顔から甘さと華やかさを取り除き、苦虫を嚙み潰《つぶ》させたらこんな顔になりそうだ。

「……中へどうぞ」

数歩あとずさり、夏葉は仁史の兄だという男を招き入れた。

後ろ手にドアを閉め、男が無遠慮に店内を眺めまわす。

「あの……どうぞお掛けください」

手近なテーブル席を手で指し示す。

「結構」

険しい表情のまま突っぱねられ、夏葉は首を竦《すく》めた。

（まずいな……ついにばれちゃったのか）

冬雪と仁史がつき合っていることを知っているのは、夏葉と仁史のマネージャーだけのはずだ。仁史の口ぶりから、兄とはあまり折り合いがよくない印象を受けている。

「――弟に同性の恋人がいると知って、私はひどく驚いたし動揺もした」

壁に飾ってある絵を眺めながら、男が切り出す。

「言っておくが、私は同性愛に偏見を持っているわけではない。しかし兄としては、正直なところいささか複雑な気分だった」

「……………」

固唾《かたず》を呑《の》んで、夏葉は彼の言葉の続きを待った。

男が、ゆっくりと視線を壁の絵から夏葉の顔に移す。

冷たい眼差しで検分するように見下ろされ、夏葉は無意識にあとずさった。

「仁史ももういい大人だ。私も弟の恋愛に口を挟むような無粋な真似はしたくない。きみの人となりを見て、仁史にふさわしいと思える人物ならば反対はするまいと思っていた」

彼の言葉に、どうやら自分が冬雪だと誤解されているらしいことに気づく。

「いえ、あの……」

訂正しようと口を開きかけるが、その前に彼が手を上げて遮《さえぎ》った。

「しかし弟に店まで出させたとなれば、黙ってはいられない」

「……………ええ⁉」

驚いて、夏葉は目を見開いた。

「とぼけるな。調べはついている」

「ごっ、誤解です！」

冬雪の恋人の兄に妙な誤解をされていると知って、夏葉は慌てた。

この店の資金は、すべて兄が調達したものだ。足りない分は仁史が援助すると申し出たらしいが、兄は恋人と金の貸し借りはしたくないと断り、銀行から融資を受けた。

「恋人に店をねだるような男を、私は認めない」

「違う！　ちゃんと話を聞いてください！　それに俺は……」

冬雪ではなく冬雪の弟です、と言おうとして、夏葉ははたと口をつぐんだ。

自分が冬雪でないとわかれば、この男はきっと冬雪に会わせろと言うだろう。心身ともに疲れ切っている今の冬雪に、これ以上ストレスを与えたくない。

（家にまで押しかけられたら迷惑だし、連絡しようにも仁史さんはアメリカだし……）

意を決して、夏葉はすうっと息を吸い込んだ。

ここは彼の誤解を利用して、勘違いさせたままやり過ごしたほうがいい。あとのことは、仁史がアメリカから戻ってきてから三人で相談しよう。

「……確かにあなたの弟さんとつき合ってますけど、店の資金はいっさい出してもらってませ
ん」

慎重に言葉を選びながら、夏葉は答えた。

「信じられないな」

「なぜですか」

「去年の秋、仁史が銀行口座から一千万引き出していたことがわかった」

「……一千万⁉」

「使い道について、仁史は頑《がん》として口を割らない。それこそ不自然なほどにな。そこで調べた
ところ、きみの存在が明らかになった」

「……いっせんまん……」

呆然として、夏葉は呟《つぶや》くようにくり返した。

そんな大金、仁史はいったい何に使ったのだろう。

もしかして自分が知らないだけで、冬雪は仁史に金を借りていたのだろうか……。

「さて、ここで本題だ」

男が腕を組み、鋭い双眸で夏葉を苦々しげに見下ろす。

「仁史が納得して金を出したのなら、それはそれで仕方ない。私も店を閉めて金を返せとまで
は言わない。ただし、これを手切れ金だと思って、弟から身を引いて欲しい」

男の言葉に、夏葉はがつんと頭を殴られたような衝撃を受けた。

「なっ、そ、そんなことできない……！」

「できない？　それは仁史を愛しているからか？」

男の問いに、夏葉は大きく頷いた。なんとかこの男の誤解をとき、ふたりの仲を認めてもらいたい一心だった。

ふたりがどれだけ深く愛し合っているか、夏葉はよく知っている。

冬雪には仁史が必要だし、仁史にも冬雪が必要だ。

「仁史の職業がどういうものか、きみもよくわかってるだろう。嫌でも私生活を詮索《せんさく》され、スキャンダルが命取りになる、きみたちの関係がばれたら仁史がどれだけダメージを受けるか、考えたことはないのか」

「――――」

唇を噛んで、夏葉は無言で男を睨《にら》みつけた。

（そんなこと、言われなくてもわかってる！　そのことで兄貴がどれだけ苦しんできたと思ってんだ！）

そう叫びたい気持ちを、必死で抑えつける。

――冬雪と仁史の出会いは、十年前の高校時代に遡《さかのぼ》る。

仁史の芸能界入りが決まったとき、冬雪は彼のためを思って身を引いた。三年後に再会するまで、仁史はそれを冬雪の心変わりだと誤解していた。

再び結ばれてからも、冬雪は仁史のためならいつでも身を引く覚悟をし、彼との関係に深入りしないよう自制していた。悲壮な決意は、端から見ていても痛々しいほどで……。

仁史が時間をかけて自分には冬雪が必要なのだとわからせ、信頼できるマネージャーにふたりの関係を打ち明けて、ようやく冬雪もネガティブな感情を払拭したところなのに、こんなセリフを聞かせるわけにはいかない。

仁史の兄にこんなことを言われたら、生真面目な冬雪はきっと従ってしまうに違いない。

「よく考えて、なるべく早めに返事をもらいたい。これが私の連絡先だ」

男がスーツの内ポケットから名刺入れを取り出し、カウンターの上に一枚置く。

「……っ」

すれ違いざまに柑橘系《かんきつけい》のコロンがほのかに漂ってきて、夏葉はびくりと体を竦ませた。険しい表情には似つかわしくない、男っぽくて官能的な香りだ――。

男が階段を下りてゆく足音を聞きながら、夏葉はよろけるようにカウンターに手をついた。


夏葉と冬雪が暮らすマンションは、店から徒歩十五分ほどのところにある。

鉄筋コンクリート三階建て、マンションとは名ばかりの、こぢんまりした建物だ。今どきオートロックもエレベーターもない物件だが、２ＬＤＫの間取りは兄弟ふたりで住むには充分な広さがあって、夏葉は結構気に入っている。

三階まで上って自室のドアの前に立ち、夏葉はため息をついた。

（……気が重いな……）

コートのポケットに手を突っ込んで、先ほど男が置いていった名刺を取り出す。

――株式会社英和総合研究所、経済調査部研究員、大河内孝史《たかふみ》。

薄暗い蛍光灯の下、名刺に並んだ文字を睨みつける。

男の苦々しげな表情がよみがえり、夏葉の眉間にも皺が寄った。

（まったく、勝手に誤解しといてなんだよあの言い草。人の話聞こうとしねーし）

だが、彼――孝史の言っていた一千万円の件も気になる。

手の中で名刺を弄びながら、夏葉はここに帰ってくるまでの間ずっと考え続けていたことに結論を下した。

（よし、決めた。兄貴には、あいつのこと話さない）

冬雪が今日の一件を耳にしたら、また仁史との関係に及び腰になってしまう。

まずは仁史から一千万円の真相を聞き出して、それからふたりが別れずに済む方法を考えればいい。

「夏葉？」

「うわっ！」

いきなりドアが開いて冬雪が顔を覗《のぞ》かせ、夏葉は驚いて声を上げた。

慌てて名刺をポケットに戻し、ぎこちない笑顔を浮かべる。

「びっくりしたー。おどかすなよ」

「夏葉が階段上がってくる音が聞こえたのに、いつまで経ってもドアを開けないから、鍵忘れたのかと思って」

「あー、うん、鍵がなかなか見つかんなくてさ」

適当に言いわけをしてスニーカーを脱ぎ、冬雪の脇をすり抜ける。

「お疲れさま。ご飯できてるよ。それとも先にお風呂にする？」

冬雪のセリフに、夏葉は振り返ってまじまじと兄の顔を見つめた。

「何？」

「いや……今のセリフ、仁史さんが兄貴に言って欲しいセリフなんだろうなあと思って」

「……………な、何言ってんの」

冬雪の白い頬が、ぱあっと赤く染まる。

七つも年下の弟にからかわれて狼狽《うろた》える兄に、夏葉はくすくすと笑った。

冬雪は二十七にしては擦《す》れていなくて、弟の目から見ても可愛いところがある。純情で優しくて、どこか放っておけないタイプだ。

「先にご飯にする。もうお腹ぺこぺこ」

「じゃあ一緒に食べようか。今日は白菜と豚肉の重ね蒸し作ったんだ。それとこないだ夏葉が美味しいって言ってた中華風スープ」

「おお、いいねー！」

洗面所に行って手を洗い、夏葉は食卓についた。

「お店、どうだった？」

「あー、うん。なんとかうまくいったよ。閉店の一時間前くらいに立て続けにお客さんが来てちょっとあたふたしちゃったけど。ああそうそう、兄貴が倒れた日にカウンターにいたお客さんが来てくれてさ」

彼女が心配してくれていたこと、またシフォンケーキを楽しみにしていると言ってくれたことを伝えると、冬雪は嬉しそうに顔をほころばせた。

「……ところで、仁史さん元気？」

白菜を食べながら、夏葉はさりげなく尋ねた。

「うん。昼間ちょっと電話で話した。元気そうだったよ。撮影も順調だって」

冬雪が、いくぶん照れくさそうに微笑む。

「そっか……」

日米合作映画の準主役に選ばれた仁史は、現在アリゾナ州の砂漠でロケの真っ最中だ。そのあとハリウッドのスタジオでの撮影もあり、帰国の予定は十日後になっている。

孝史が店を訪ねてきたことは、今夜にでもメールで知らせておいたほうがいいだろう。

「そういえばさ、仁史さんってお兄さんがいるんだよね」

不安な気持ちを冬雪に気取られないように、殊更《ことさら》明るい声で切り出す。

「うん。僕は会ったことないけどね」

「ふーん……何してる人？」

「大手シンクタンクの研究員だって聞いた。かなりのエリートだよ。アメリカの有名な大学でMBAを取得したんだって」

「兄貴と仁史さんがつき合ってること……知ってるの？」

夏葉の質問に、冬雪は戸惑ったように目を瞬かせた。箸を置いて両手を握り合わせ、落ち着かなげに居住まいを正す。

「……前に仁史くんが、お兄さんに恋人として紹介したいって言ってくれたんだけど……僕は断ったんだ」

「どうして？」

「どうしてって……男の恋人なんか歓迎されないに決まってるしね」

そう言って、冬雪は小さく笑みを浮かべた。

その寂しげな表情に、夏葉の胸もちくりと痛む。

「……ずっと隠しておくつもり？」

「……ううん、いつかは話さなきゃいけないと思ってる」

「そっか……」

冬雪の言葉に、夏葉も箸を置いて俯《うつむ》いた。

「おかわりは？　重ね蒸し、まだあるよ」

「あ、いいよ。自分でやるから」

立ち上がろうとした冬雪を手で制して、夏葉はキッチンへ向かった。

(兄貴に隠しごとするのはつらいな……)

気が咎《とが》めるが、これも冬雪のためだと自分に言い聞かせる。

重ね蒸しを皿によそってテーブルに戻ると、冬雪が物憂げな表情でほうじ茶の入った湯飲みを揺らしていた。

「……仁史くんのお兄さんてすごく真面目で……仁史くんの言葉を借りれば、ちょっと頑固で融通の利かないところのある人らしいんだ。仁史くんが芸能界に入りたいって言ったときも、猛反対したんだって」

「あー……まさにそんな感じ」

孝史の苦々しげな表情が脳裏に浮かび、深々と頷く。

「え？」

夏葉の言葉に、ワンテンポ遅れて冬雪が怪訝そうに首を傾げた。

まるで会ったことがあるような言い方に、違和感を覚えたのだろう。

「ああいや、なんか話聞いてると取っつきにくそうな人だなって思って。あ、俺もお茶飲もう。これまだ出る？」

慌ててごまかして、夏葉は立ち上がって電気ポットから急須《きゅうす》に湯を注いだ。

3

「ありがとうございました。またどうぞお越しくださいませ」

ふたり連れの女性客を笑顔で見送り、夏葉はトレイを手にテーブルの片付けに取りかかった。

――ひとりでの店番も、今日で一週間。

だんだん慣れてきて、立て続けに客が来ても慌てなくなった。この一週間で、かなり手際がよくなった気がする。

(来週には兄貴も復帰できそうだし、そしたらまた忙しくなるな)

冬雪の怪我は順調に回復している。あと数日したら、傷口も綺麗に塞がるだろう。

冬雪が店に復帰するのは嬉しいが……テーブルを拭きながら、夏葉は無意識に眉根を寄せた。

あれから孝史は店に現れていない。

孝史が店に来た日の夜、夏葉はさっそく仁史にメールを送った。冬雪にはくれぐれも内緒にしておいて欲しいと前置きして、一部始終を報告した。

翌日、仁史から電話がかかってきた。

『もしもし？　仁史さん？』

『ああ。メール読んだ。ごめんな、変なことに巻き込んじまって……』

『こっちこそ忙しいときにごめん。どうしたらいいか、仁史さんに相談したくて』

『店の資金の件は、兄の誤解だ。確かに昨年の秋、一千万引き出した。だけどそれは冬雪とは関係ないことで……いや、関係なくはないんだけど、とにかく俺は店にはいっさい金を出してないから』

それを聞いて、夏葉は胸を撫で下ろした。店の資金を出させたわけではないとわかれば、孝史がふたりの仲を反対する理由はない。

『わかった。それ聞いて俺も安心したよ。俺からはお兄さんに連絡しないほうがいいよね』

『ああ。帰国したら俺が話す。それで、ちゃんと冬雪のこと紹介するよ。時間はかかるかもしんねーけど、俺たちのことわかってもらえるように努力する』

『うん、お願い』

撮影の合間だったらしく、あまり長々と話すことはできなかったが、仁史から頼もしい言葉を聞くことができて夏葉はほっとした。

(今日はもうお客さん来ないかな……)

壁の時計を見上げ、うーんと背伸びをする。

カウンターの中に戻って肩を揉みほぐしていると、ドアに取り付けられた鈴がちりんと鳴った。

「よお」

「越智《おち》！　来てくれたんだ！」

夕刻のアンブローシアに現れたのは、大学の同級生の越智宏泰《ひろやす》だった。学部は違うが、同じ講義を取っていたのがきっかけで仲良くなった友人だ。

「ああ。一度どんな感じのお店か見ておきたいと思って。急に来てごめんな」

コートを脱ぎながら、越智が端整な顔に柔和な笑みを浮かべる。

「ううん、全然。座って座って」

越智にカウンター席を勧めて、夏葉もいそいそとカウンターを出た。

「お客さんは？」

店内をぐるりと見まわし、越智が声を潜めて尋ねる。

「さっき最後のお客さんが帰ったところ。今は短縮営業中だから、あと十五分で閉店」

「ふうん……なんかてんてこ舞いって聞いてたけど、今日はそうでもないんだな」

「それは兄貴がいたときの話。兄貴がいない間は、この店自慢の日替わりランチプレートも手作りケーキもないから」

小さく肩を竦めて、越智の隣のスツールに浅く腰掛ける。

――先週冬雪と相談して、アルバイトを雇うことにした。

バイト募集の貼り紙や求人情報誌への掲載も考えたが、まずは知り合いに打診してみようということになり、夏葉が大学の友人数人に声をかけた。

「だけど……ほんとにいいの？　塾講のバイト、忙しいんだろ？」

越智は一年生のときから進学塾の講師をしている。掛け持ちは無理だろうと思って越智には声をかけなかったのだが、別の友人から話を聞いた越智が、自分を雇って欲しいと言ってきたのだ。

「ああ、塾講は辞めることにしたんだ」

夏葉のほうへ向き直り、越智がさらりと言う。

「えっ、まじで？　まさか、うちを手伝ってくれるためにわざわざ辞めるとか？」

「いや、ちょうど入試も終わってきりがいいし、子供相手の仕事に飽きてきたところだったし」

「えええー……だけど、時給よかったんだろ？」

「全然違う仕事するのも、目先が変わっていいかなと思ってさ」

「そうなの？　うちとしてはすごく助かるけど……」

意外な気持ちで、夏葉は目をぱちくりさせた。クールで少々ミステリアスなところのある彼が、接客業に興味を持っているとは思わなかった。

「そうそう、制服なんだけどさ、取り寄せに二週間くらいかかるから、とりあえず俺の予備のを着てくれる？」

カウンターの奥のバックルームから、クリーニングのビニール袋に入ったワイシャツとベスト、ズボン、エプロン一式を持ってくる。

「入江の？　サイズ合うかな」

スツールから立ち上がり、越智が眉根を寄せた。

「合うって。体格同じくらいだろ」

越智のほうが三センチほど背が高いが、誤差の範囲だろう。

「おまえ、自分が細いって自覚ないのか？　このウエストは無理だ」

ビニール袋からズボンを出して広げ、越智が苦笑する。越智もスレンダーな体型だが、意外にもジーンズの腰のあたりはがっしりとしていた。

「とりあえず上だけ着てみて。あ、時間だ。店閉めてくる」

そう言い残して、夏葉は外の黒板をしまうために階段を駆け下りた。

(よかった……これで人手不足の件は解決だ)

頭を悩ませていた問題がひとつ片付いて、ほっとする。

あとは最大の難問である仁史の兄の件だけだ。

ドアの札を裏返して店に戻ると、ワイシャツとベストを着た越智が、ジーンズの上からエプロンをつけているところだった。

「おおっ、似合う！　なんか執事喫茶っぽい！」

「なんだそれ」

越智がおかしそうに笑う。

「いやほんと、女子に受けそう」

美人系の入江兄弟と違って、越智はどちらかというと男っぽいタイプだ。和風の整った顔立ちは、制服姿だとよりいっそうクールに見える。

「ワイシャツもちょっときついな……。ワイシャツとズボンはとりあえず自前のでもいい？」

「いいよ。クリーニング代はうちが出すから」

弾むような足取りでカウンターの中に戻って、夏葉はケトルを火にかけた。

「せっかくだから紅茶飲んでいかない？」

「いいのか？」

「うん。どれでも好きなの言って」

「俺、正直紅茶って全然わかんなくてさ……。入江に任せるよ」

「オッケー」

上機嫌で、夏葉はアンブローシア特製ブレンドティの缶を手にした。

「ううーっ、今夜は冷えるな。昼間はわりと暖かかったのに」

店の外に出て鍵を閉めながら、夏葉はぶるっと肩を震わせた。

「明日はもっと冷え込むらしいぞ」

「まじで？」

階段を下りて、越智と肩を並べて商店街を歩く。

「入江さ……春休み、どっか出かけたりしないのか？」

越智の言葉に、夏葉は振り返った。

「うーん……今は店の手伝いで頭いっぱいって感じ。定休日も、家でごろごろしてるうちに終わっちゃうんだよな」

「前に洋物ホラー映画が好きだって言ってただろ。今度渋谷でゾンビ特集やるらしいんだけど、一緒に行かないか？」

「あ、それ、俺も行きたいと思ってたんだ」

「じゃあ決まり」

「いいけど……越智がホラー見ると思わなかったな」

「嫌いじゃないよ。だけど映画館で見るのは初めてだから、びびって入江にしがみつくかも」

「えー、ゾンビを怖がる越智って想像できねー」

冷たくなった手を擦《こす》り合わせながら、夏葉はくすくすと笑った。

そんな夏葉をちらりと見て、越智がふと真顔になる。

「大学の外で入江とふたりきりになるの、初めてだな」

「え？　そうだっけ？」

「そうだよ」

「うーん、言われてみればそうかも。学部違うと飲み会とかも一緒にならないし」

最近まで、越智とはさほど親しかったわけではない。友達の友達という薄いつながりで――夏葉の友人が越智の高校時代のクラスメイトだったのだ――去年までは共通の友人を介した顔見知り程度だった。

それが去年の夏に集中講義で一緒になり、好きな音楽や映画に共通点があることがわかって、前よりもよく言葉を交わすようになった。

「……あ、じゃあここで。俺んち、駅の向こう側なんだ」

駅の構内にさしかかり、夏葉は南口を指さした。ちょうど七時になり、駅構内にあるベーカリーショップのシャッターががらがらと音を立てて下りてゆく。

「入江」

数歩歩いたところで背後から呼び止められて、夏葉は振り返った。

「何？」

通行の邪魔にならないように柱の陰に身を寄せて、越智と向き合う。

いつものように穏やかな笑みを浮かべて、越智は意外な言葉を口にした。

「あのさ、俺とつき合わない？」

「…………」

一瞬、言われたことの意味が理解できなくて、夏葉はぽかんとしてしまった。口を半開きにしたまま、まじまじと越智の顔を見つめてしまう。

「……えっと、それは……俺たち男同士だけど、そういう意味で？」

「ああ、そういう意味で」

越智に笑顔で肯定されて、夏葉は視線を泳がせた。

気持ちを落ち着かせようと、浅い呼吸をくり返す。

「……ずいぶん急な話だな」

「そうかな。ずっとアピールしてたつもりなんだけど」

「…………全然気づかなかった……」

無意識にあとずさり、背中に当たった柱に力なくもたれかかる。

「俺はおまえが同類だって、ずっと前から気づいてたよ」

「────」

告白よりも、その言葉のほうが衝撃だった。

──実を言うと、これまでにも何度か男性から交際を申し込まれたことがある。

けれど、同性愛者であることを見抜かれたのは初めてで────。

「………どうしてそう思うの」

肯定にならないように慎重に言葉を選んで、夏葉は質問した。なぜ越智にばれたのか、知っておきたかった。

「そうだな……勘みたいなもんかな」

「勘？」

「結構もてるのに全然女っ気ないし、ミスキャンパス候補の美人に言い寄られても、喜ぶどころか怯《おび》えてたし」

「それは……単に女性が苦手だからとは思わなかったのか？」

夏葉の反論に、越智がくすりと笑う。

「認めたくないなら別にいいさ。だけど」

ふいに肩を摑《つか》まれて、夏葉はぎくりとした。

顔を上げると同時に、越智の顔が近づいてくる。

「っ！」

唇が触れ合ったのは、ほんの一瞬だった。

ごく軽いキスだったが、夏葉は大きく目を見開いて硬直してしまった。

人前でキスされたのは初めてだ。……いや、それ以前に、唇にキスされたのも初めてだ。

「返事、急がないから考えといて」

「………えっ、ええっ？」

夏葉が狼狽えている間に、越智はくるりと背を向けて歩き出す。

改札をくぐる越智の後ろ姿を呆然と見送り、夏葉は無意識に唇を手の甲で擦った。

（び、びっくりした……）

まだ心臓がどきどきしている。

越智にそんなふうに見られていたなんて、ちっとも知らなかった。

混乱した頭を整理しようと、柱にもたれかかって大きく息を吐く。

……これまで夏葉は、越智を恋愛対象として意識したことはなかった。

我ながら少々ブラコン気味だと思うのだが、好みのタイプは優しくて穏やかな、いわゆる草食系だ。

（越智は……一緒にいて楽しいけど、ちょっと何考えてるのかわかんないところがあるんだよな。それがミステリアスで素敵だと思う人もいるんだろうけど……）

駅の雑踏でさらっと告白するあたり、こういうことに慣れている様子が窺《うかが》える。

奥手な夏葉は、ああいう手慣れた感じの告白にはどうにも抵抗感があって……。

「――さっそく新しい男ができたのか」

「っ⁉」

頭上から降ってきた低い声に、驚いて夏葉は顔を上げた。

孝史が、ひどく不機嫌な表情で夏葉を見下ろしている。

「………」

声もなく、夏葉は目の前に立ちはだかる孝史をまじまじと見つめた。

会社帰りなのだろう、今日もスーツとダスターコート姿で、手には黒いブリーフケースを持っている。

夏葉が返事もせずに突っ立っているのが気に障《さわ》ったのか、孝史の眉間に深い皺が寄せられた。

「公衆の面前で、いい度胸だな」

「……ち、違う、あれは……っ」

ようやく彼に何を言われているのか理解して、夏葉は耳まで真っ赤になった。

――よりによってこの男に、越智にキスされたところを見られてしまった。

恥ずかしさが込み上げてきて、おろおろと視線をさまよわせる。

「別に隠さなくていい。こちらとしては、きみに新しい恋人ができたことは歓迎すべき事態だ」

「違います！　彼はただの友人です……っ」

孝史の言葉に、慌てて反論する。

冬雪に新しい彼氏ができたなどと誤解されてはたまらない。

「きみは友人ともキスするのか」

「しません！　そうじゃなくて、あれはその、あ、アクシデントのようなもので……っ」

「アクシデント？」

問い返されて、夏葉は口をぱくぱくさせた。

仕方がない。誤解をとくためには、本当のことを言うしかない。

「…………つき合ってくれって言われただけです」

「なんと返事をしたんだ？」

「まだ返事はしてません。だけど……」

言いかけて、夏葉は口ごもった。

〝冬雪〟としては、ここは即座に「断るつもりです」と言うべきだろう。

だが夏葉自身は、まだ越智からの交際の申し込みについて頭の中が整理できていない。

（いや、今は俺自身のことはどうでもいいんだ。この人は俺のこと冬雪だと思ってるんだから……っ）

「まあいい。好きにしろ」

冷たく突き放されて、夏葉はむっとした。

数日前に突然現れて夏葉の平穏な生活をかき乱した張本人が、自分には関係ないとばかりに涼しい顔をしているのが腹立たしい。

（なんだよ、もとはといえばあんたが変な誤解して言いがかりをつけてきたから……っ！）

口に出して言えないので、心の中で悪態をつく。

肩で大きく息をして、夏葉は先ほどから気になっていたことを口にした。

「……こんなところで何してるんですか」

「用事があって、店に行くつもりだった。改札を出たらちょうどきみたちがいたんだ」

「……用事？」

孝史が、ブリーフケースからクリアファイルに入った書類を取り出す。

差し出された書類を受け取って、夏葉は怪訝そうに眉をひそめた。

「なんですか、これ」

「念書だ」

「念書!?」

驚いて、クリアファイルから書類を引っ張り出す。

Ａ４のコピー用紙に印字された文字を目で追って、夏葉はあんぐりと口を開けた。

今後いっさい仁史と会わないこと、メールや手紙による連絡も取らないこと、店の出資金について第三者に口外しないこと等々、ずらりと箇条書きが並んでいる。

「これはちょっとやりすぎじゃないですか!?」

声を荒げて、夏葉は書類を突き返した。

しかし孝史は受け取ろうとはせず、じろりと夏葉を睨み下ろす。

「金の絡んだ関係は、別れたあともごたつくことが多いと聞いている。知り合いの弁護士に相談したところ、書面を残しておいたほうがいいと言われたんでな」

「店のお金のことは誤解だって言ってるでしょう！」

夏葉も負けずに孝史を睨み上げた。

身長差があるので迫力負けもいいところだが、冬雪を守りたい一心で肩を怒らせる。

「証拠があるのか」

「証拠？　仁史さんがアメリカから帰ってきたらわかることだ」

「仁史と口裏を合わせたのか」

「……っ」

孝史の言葉に、夏葉はぎりぎりと奥歯を噛み締めた。

どう言えば、このわからず屋にわからせることができるのだろう。

「違う！　口裏合わせるもなんも、俺には疚《やま》しいことなんて何もない！」

感情が高ぶって、自分でもびっくりするくらい大きな声を出してしまった。

夏葉の怒声に、周囲の人が驚いたように振り返る。

――大人の男性と口論するなど、生まれて初めてだ。

口では威勢のいいことを言っていても、脚ががくがく震えている。

こんなとき冬雪なら、相手の挑発に乗ったりせずに穏やかに対処できるのに……。

「どうかしましたか」

背後から誰かに声をかけられて、夏葉は振り返った。

制服姿の駅員が、夏葉と孝史の顔を怪訝そうに見比べている。駅の構内で喧嘩《けんか》が始まったと誰かが知らせたのかもしれない。

「いえ、なんでもありません。知り合いとちょっとした行き違いがありまして、少し感情的になってしまいました」

孝史が駅員に向き直り、淡々と説明する。

その隙《すき》に、夏葉は素早く手の甲で目を擦った。

気が高ぶったせいか、情けないことに涙がにじんでいる。孝史に見られずに済んだのが幸いだ。

「そうですか。もうお帰りになりますか？」

「はい。お騒がせして申しわけありません」

まったく悪びれていないような態度で謝り、孝史がちらりと夏葉を見やる。

その牽制《けんせい》するような目つきに、夏葉は思わず首を竦めた。

孝史が謝っても、駅員は立ち去らなかった。構内でのトラブルを防ぐために、夏葉と孝史が離れるまで見届けるつもりなのだろう。

夏葉には、孝史と言い争う気力はもう残っていなかった。

冬雪のためにも、これ以上心証を悪くしないほうがいい。

「……俺ももう帰ります。あの、これ……一応預かっときます」

クリアファイルに入った書類を軽く掲げる。

不本意だが、この場はそうするしかない。

「ああ、そうしてくれ」

満足げに言って、孝史がくるりと踵《きびす》を返す。

敗北感に打ちひしがれながら、夏葉はとぼとぼと家路についた——。

4

（ああもう！　あいつほんと腹立つ！）

ひとけのないキャンパスを歩きながら、夏葉は無意識に拳《こぶし》を握り締めた。

ゆうべ駅で孝史と対峙《たいじ》してから、ずっと苛立《いらだ》ちがおさまらない。

（違うって言ってるのに全然聞かないし、ご丁寧に念書まで作って持ってくるとか、ほんとやな奴！）

孝史とのやり取りを思い出して、再び怒りが込み上げてくる。

孝史の一方的な決めつけも腹立たしいが、うまく対処できない自分にも腹が立っていた。

（あんなふうにかっとなって切れちまうなんて……）

自分の未熟さや無力さを見せつけられたようで、それが何より悔しい。

「……あ」

ふと気づくと、目的地の図書館を通り過ぎていた。慌てて踵を返し、図書館の扉を開ける。

肩にかけたバッグから本を取り出し、夏葉は返却カウンターの職員に声をかけた。

「すみません、これ……返却期限過ぎてしまって」

「はい、お待ちください」

受け取った職員がバーコードを読み取り、パソコンのモニターへ目をやる。

「延長手続きをされてませんね。二週間の貸し出し停止になります」

「はい、どうもすみませんでした」

ぺこりと頭を下げて、夏葉は図書館をあとにした。

ここのところばたばたしていて、本を返すのをすっかり忘れていた。こういううっかりミスは滅多にやらかさないので、それも夏葉の気持ちをへこませる。

図書館前の広場に置かれたベンチに腰掛け、夏葉ははあっとため息をついた。

(最初に兄貴のふりしちゃったの、今考えるとまずかったかな……)

今更ながら、後悔の念に駆られる。

あのときはそれが冬雪のためにいちばんいいと思っていたが、今思えば冬雪のほうがうまく対処できたのではなかろうか。

大人しくて優しげな風貌に反して、冬雪には芯の強いところがある。一度こうと決めたら諦めない強さがあり、二十七歳の若さで紅茶専門店を開くという夢を実現させた。

(だけど……恋愛に関しては臆病なところがあるんだよな)

自分の幸せよりも仁史の幸せを願っており、仁史の足手まといになるようなことがあればすぐに身を引くつもりでいる。

それを知っているから、夏葉は孝史から冬雪を守りたかった。

（わかってないよな、兄貴は。仁史さんにとって、兄貴が何よりもいちばん大事な存在なのに）

仁史は、たとえ孝史に邪魔されようと決して冬雪のことを諦めないだろう。

冬雪は仁史に任せて、自分は孝史に本当のことを言えばよかったのかもしれない。

（だけど、今更冬雪の弟ですとか言ったら、ますます心証悪くなっちまうし……）

兄弟そろって私を騙《だま》したのか、という孝史の声が聞こえてきそうで、夏葉は頭を抱えた。

「入江」

「え……っ？」

聞き慣れた声で名前を呼ばれた夏葉は、ぎくりとした。

「なんか悩みごと？」

口元に笑みを浮かべながら、越智が夏葉の隣に腰掛ける。

「えっ？　いやあの、えっと……」

しどろもどろになって、夏葉は視線をさまよわせた。ゆうべのことを思い出し、かあっと頬が熱くなる。

友人につき合って欲しいと言われてキスされるなど、夏葉にとっては一大事だ。

だがその一大事も、孝史との腹立たしい一件ですっかり頭から吹き飛んでいた。

(俺って自分で思ってるよりも容量少ないのかも……)

今の今まで越智の告白を忘れていた自分に愕然《がくぜん》とし、越智に対して申しわけない気持ちでいっぱいになる。

「もしかして、ゆうべ俺が言ったことで悩んでる?」

「…………ああ」

ここで否定するのもどうかと思い、目をそらしながら曖昧《あいまい》に頷く。

「ふうん……」

越智がベンチの背にもたれ、天を仰ぐ。

居心地の悪い沈黙が続き、夏葉はもぞもぞと身じろぎした。

「つまり、脈なしってこと?」

「えっ、いや、そういうわけじゃ……」

「いいって。見ればわかるさ。どうやって断ろうか考えてる顔だ」

「…………ごめん」

消え入りそうな声でそう言って、夏葉は膝の上で両手を握り合わせた。

もっと気の利いたことが言いたいのに、言葉が出てこない。

ふいに越智がくすくす笑い、上体を起こして夏葉の顔を覗き込んだ。

「ま、入江はまだ目覚めてないようなところがあるから、あんまり期待はしてなかったんだけどな。もうちょっと時間をかけて口説くべきだったと反省してる」

「……目覚めてないって……」

「自覚ないのか？」

越智に問われ、夏葉はおずおずと頷いた。

「まいったな」

髪をかき上げて、越智が大人びた笑みを浮かべる。

「正直に言うと、俺は高校の頃から結構遊んでたから、入江みたいな初《うぶ》なタイプは初めてでさ。なんかこう……軽く誘っちゃいけないんだろうなって気もしてる」

同い年の友人に初だと言われ、夏葉は面食らった。

しかし奥手なのは確かだし、実際そう見えているわけで……。

「………俺ちょっと……恋愛に夢見てるとこ、あると思う。兄貴が大恋愛の末に結ばれて今もラブラブで、そういうのを間近で見てきたから」

「うん」

「だから軽いつき合いはできないし……誰かとつき合うとなれば、将来のこともいろいろ考えてしまうと思う」

口にしてみると、我ながら重いタイプだ。

だが、それが夏葉の正直な気持ちだった。

「……はっくしょん！」

ふいに大きなくしゃみが出てしまう。寒空の下ベンチで長話をして、すっかり体が冷え切っていた。

越智がぷっと噴き出し、立ち上がる。

「ごめんごめん、こんなところで話し込んでちゃ寒いよな」

「いや……」

洟《はな》をすすりながら立ち上がって、夏葉もくすくす笑う。

「友達でいてくれるだろ？　それに、今後はバイト仲間だし」

「ああ、もちろん」

越智の言葉に、夏葉はほっと胸を撫で下ろした。断ったら友人としてのつき合いも終わってしまうのだろうかと危惧《きぐ》していたが、越智の大人な対応に感謝する。

「もし気が変わったら、俺はいつでも歓迎だから。じゃ、また店で」

わざと軽く言って、越智が手を振る。

「サンキュ」

夏葉も笑顔で手を振り返した。

5

――三月上旬、東京はまだ寒い日が続いている。

日差しにはいくらか春めいた気配が感じられるが、気温はなかなか上がらない。

「シフォンケーキとパウンドケーキにさ、せっかくだから苺とか桜とか、この季節ならではのフレーバーを取り入れたいなあ……」

閉店後のティールーム・アンブローシアのキッチンで、冬雪が夢見るように呟く。

「そういうのは来年からにしてくれよ。今はレギュラーメニューこなすだけで精一杯だろ？」

冬雪の隣で明日のランチプレート用の下ごしらえを手伝いながら、夏葉は唇を尖《とが》らせた。

いよいよ明日から冬雪が店に復帰する。ランチとケーキ復活、営業時間も元どおり午前十一時から夜の七時までになる。

「越智くんが来てくれるから僕はキッチンに専念できるし、ほんと助かるよ」

「ああ、越智はもう完璧。紅茶のこと何も知らないって言ってたけど、今じゃお客さんに何訊《き》かれても答えられるし」

接客業は初めてだと言っていたが、呑み込みが早くて即戦力になってくれた。愛想が良く、気も利くので、いまやアンブローシアになくてはならない人材だ。

「見た目もすごくかっこいいしね」

「……兄貴、それ絶対に仁史さんの前で言うなよ」

冬雪の無邪気なセリフに、夏葉は顔をしかめた。

仁史は冬雪のこととなると少々見境をなくしてしまうところがある。独占欲の強い仁史に今のセリフを聞かれたら、越智は即刻店から排除されるだろう。

（仁史さんといい、仁史さんのお兄さんといい、大河内家の兄弟は押しが強いというかなんというか……）

ため息をつきながら、刻んだ野菜をボウルに移す。

「にんじん、これくらいでいい？」

「うん。あとは僕がやるから、そこに置いといて」

口調はおっとりしているが、都内の有名ホテルの調理師として働いていただけあって、冬雪は手際がいい。ランチ用のキッシュを仕込む鮮やかな手つきに、夏葉は思わず見とれてしまった。

「夏葉、先帰っていいよ」

「あー……じゃあうち帰って風呂掃除でもしよっかな」

「お願い」

「じゃあお先ー」

店をあとにして、夏葉は階段を駆け下りた。


風呂を掃除したついでに入浴を済ませ、夏葉はさっぱりした気分でバスルームを出た。

水を飲もうとキッチンに向かい、ダイニングテーブルの上に置いた携帯電話にメールの着信ランプがついていることに気づく。

(あ、もしかして仁史さんかも)

仁史は今朝の便で無事帰国した。本当は空港からまっすぐ冬雪に会いに来るつもりだったらしいが、帰国が予定よりも一週間以上遅れたため、スケジュールが押してマネージャーに止められたと聞いている。

メールを開いてみると、やはり仁史からだった。

『今夜少しだけ時間が取れる。会って話さないか?』

孝史が念書を持って訪ねてきたことは、仁史に報告済みだ。仁史が帰国したら会って相談することになっていたので、夏葉は急いで返事を打った。

『何時にどこ?』

『十時半にうちのマンションの前』

一分もしないうちに返事が来て、夏葉も短く『了解』と返信した。

(仁史さんのマンション……ええと、渋谷で乗り換えて……)

広尾のマンションには、冬雪と一緒に訪ねたことがある。時計を見て、夏葉は慌てて身支度に取りかかった。

「ただいまー」

鍵をまわす音がして、冬雪が帰ってきた。

「おかえりー。遅かったね」

自分の部屋で服を着替えながら、返事をする。

「うん、なんか久々に店のキッチンに立ったら嬉しくて、クッキー焼いてきちゃった。明日お店に来てくれたお客さんにサービスしようと思って」

上機嫌で室内に足を踏み入れた冬雪が、コートを羽織った夏葉を見て怪訝そうに首を傾げる。

「え、もしかしてこれから出かけるの？」

「うん、友達と約束してたの忘れてて……渋谷でレイトショー」

「帰り、電車の時間大丈夫？」

「多分大丈夫。いざとなったらタクシー使うから」

冬雪に嘘をつくのは気が咎めた。これも冬雪と仁史のためだと言い聞かせるが、目を合わせられなくて、くるりと背を向けて玄関に向かう。

「お金足りる？　あ、髪はちゃんと乾かさないと風邪ひくよ！」

「足りる！　髪も乾かした！」

振り返らずにそう言って、夏葉は急いでマンションの階段を駆け下りた。


――広尾駅から徒歩約十分。仁史の住むマンションは、大通りから外れた閑静な一角にひっそりと建っている。

(前に来たときは昼間だったから、ずいぶん印象違うな……)

白いタイル張りの瀟洒《しょうしゃ》なマンションを見上げ、夏葉は白い息を吐いた。

一度来た場所は忘れないので、ここで間違いないだろう。念のためにエントランスに取り付けられた金色のプレートを見上げ、マンション名を確認する。

「うう、寒っ！」

ぶるっと背中を震わせて、エントランス前の植え込みの囲いに軽く腰掛ける。腕時計に目を落とすと、約束の時間までまだ十五分ほどあった。

誰かが道を通るたびに、びくりとして俯く。別に疚しいことをしているわけではないが、どうも落ち着かない気分だった。

――五分後、マンションの前に一台の車が停車した。

（仁史さんかな）

暗くてよく見えないが、仁史の車とも、マネージャーの車とも違うような気がする。

コートのポケットに手を突っ込んで目を凝らしていると、運転席のドアが開いて長身の男が降り立つのが見えた。

男がこちらに近づいてきて、街灯の明かりに顔が照らし出される。

「………っ⁉」

苦虫を噛み潰したようなその顔に、夏葉は驚いて立ち上がった。

――孝史だ。

孝史も夏葉に気づき、驚いたような表情を浮かべる。

（まずい）

とっさに逃げようと、踵を返す。

「待ちなさい！」

しかし背後から鋭い声で呼び止められ、その場に体が凍りついてしまった。

孝史が大股で近づいてきて夏葉の正面にまわり、行く手を阻《はば》むように立ちはだかる。

「ここで何をしている」

「……それは、えっと……」

視線をさまよわせながら、夏葉は言葉を探した。

まさかここで孝史と鉢合わせするとは思っていなかったので、言いわけなど用意していない。

「……そうか。私の目を欺《あざむ》いて、こっそり仁史と会うつもりだったんだな」

低く押し殺した声に、怒りと苛立ちが色濃くにじんでいる。

孝史が本気で怒っているのがわかって、夏葉はもうこれ以上ごまかせないと観念した。

本当のことを言うしかない。孝史は激怒するだろうが、このままでは冬雪の印象が悪くなるばかりだ――。

「……ご、誤解です、実は俺……っ」

冬雪の弟なんです、と続けようとするが、それより先に孝史が猛然とまくし立てた。

「私は誠意を見せた。穏便に別れられる道を用意してやったのに、私の心遣いがきみには伝わらなかったようだな」

孝史の言い草に、夏葉は唖然とした。

本当のことを言って誤解をとかねば……などという殊勝な気持ちは吹き飛び、ふつふつと怒りが込み上げてくる。

「誠意？　ご丁寧に念書まで用意したあのやり方が？」

顎《あご》を仮らし、孝史を睨み上げる。

「店は手切れ金代わりにやると言っただろう」

夏葉を見下ろして、孝史が傲慢《ごうまん》に言い放つ。

「あんたの言う誠意って金なのかよ⁉　誠意ってそういうもんじゃないだろ！」

ここが公道で、しかも仁史のマンションの前だということも忘れて、夏葉は声を荒げた。

あんまりだ。こちらの言い分をまったく聞こうとしない上に、こんなやり方で冬雪と仁史の仲を裂こうとするなんて――。

夏葉の言葉に、孝史がこれ以上ないというほど不機嫌な表情になった。

「――来い」

「えっ、ちょ、ちょっと！」

いきなり腕を強く摑まれ、驚いて叫ぶ。

「こんなところで騒ぎを起こしたら仁史に迷惑がかかるとわからないのか」

「わかってる！　放せ、自分で歩けるから……っ」

声を潜めながら、夏葉は腕を振りまわして抵抗した。

ふいに孝史が腕を放したので、勢いあまってよろめいてしまう。

「ここでは話もできない。乗りなさい」

そう言って、孝史は背を向けてすたすたと車のほうへ歩いていった。

「……嫌だと言ったら？」

ドアロックを解除する孝史を睨みつけ、夏葉は抵抗を試みた。

何もかも自分の思いどおりにしようとする態度が腹立たしくて、反抗せずにいられなかった。

「話をしようと言っているのに、断るのか」

「…………」

運転席のドアを開けた孝史と、しばし無言で睨み合う。

（ここで逃げるのも癪《しゃく》だし……腹が立つけど、本当のこと言わないと）

しぶしぶ助手席に乗り込んで、夏葉は小さく息を吐いた。


暖房の効いた車内が、居心地の悪い沈黙で満たされる。

顔を背けて窓の外を眺めようとするが、ガラスに運転席の孝史の横顔が映り込んでいるのを見て、夏葉は視線を前に戻した。

（妙なことになっちゃったな……）

まさか孝史が現れるとは思わなかった。

夏葉が仁史と待ち合わせていたことを知っていたわけではなさそうだが……。

「……あ！」

思わず声を上げて、夏葉は膝の上に置いたバッグを探った。

「どうした」

孝史が怪訝そうに夏葉のほうを見やる。

「仁史さんに連絡しとかないと……待ち合わせ行けなくなったって」

呟きながら、仁史にメールを打つ。

「その必要はない」

「そういうわけにはいかないだろ。忙しいのにわざわざ時間作ってくれたんだから」

「律儀なことだ」

ふいに孝史が、ひとけのない道路の端に車を寄せて停車した。

「……何？」

メールを打つ手を止めて、夏葉は孝史のほうを振り返った。

「メールはしなくていい。私から伝えておく」

「え？」

スーツの胸ポケットから携帯電話を取り出して、孝史が電話をかける。数コールの後、仁史が返事をする声が微《かす》かに聞こえてきた。

「ああ、私だ。仕事はもう終わったのか？　……そうか。実はおまえに話があってな。さっきマンションに行ったんだ」

固唾を呑んで、夏葉は孝史の言葉の続きを待った。

「そうしたらおまえの恋人がいた。今、一緒にいる」

電話の向こうで仁史が何か言っているが、聞き取れなかった。

「ああ、おまえもうちに来てくれ。三人で話し合おう」

孝史の提案を、仁史は了承したらしい。二言三言やり取りして、孝史は電話を切った。

「そういうことだ。いいな？」

振り返った孝史の顔が、いくぶん得意げなのがむかつく。仁史と冬雪の密会を阻止することができて、ほくそ笑んでいるのだろう。

「俺は別に構わないよ」

ぷいとそっぽを向いて、夏葉は素っ気なく言った。

今ここで孝史の思い込みを訂正してやることもできるが、夏葉は彼に勘違いさせたままにしておくことにした。

（どうせ俺が何言っても聞かないさ……。ここまで来たからには三人で話し合おうじゃん。勘違いしてたことがわかって恥かくのはおまえだ）

苦々しい気持ちで、夏葉はシートにもたれて目を閉じた。


孝史の住まいは、品川区の閑静な住宅街の中にあった。

モダンな外装のマンションは、単身者用の物件らしい。広々したエントランスホールや廊下に生活感がいっさいなく、まるでビジネスホテルのような雰囲気だった。

最上階でエレベーターを降り、無言で孝史のあとに続く。

「どうぞ」

ドアを開けた孝史が振り返り、つっけんどんに言う。

「お邪魔します」

夏葉も負けずに刺々《とげとげ》しい口調で返し、コートを脱いで艶《つや》やかな御影石《みかげいし》の玄関に足を踏み入れた。

（うわー……なんか素っ気ない部屋）

仁史の住む部屋も広くてすっきりしているが、孝史の部屋はすっきりを通り越して寒々しいほどだった。

整然と片付いた十畳ほどのリビングには、革張りのソファとローテーブル、パソコン用のデスクしかない。単身者向けにしては充実した設備のキッチンがあり、食事は造り付けのカウンターを使っているようだ。

（なんかこう……観葉植物を置きたい衝動に駆られるな）

リビングの入口で突っ立っていると、孝史が「適当に座っててくれ」と言い残して隣の部屋に消えた。

多分そこが寝室なのだろう。クローゼットの扉を開ける音がして、コートをハンガーに掛けているらしい気配が伝わってくる。

遠慮なくソファに座ってくつろいでいると、スーツ姿のままの孝史が戻ってきた。ネクタイを取ってボタンをふたつほど外しているが、堅苦しい印象は拭《ぬぐ》えない。

「コーヒーでいいか」

キッチンに立ってコーヒーメーカーをセットしながら、孝史がおざなりに尋ねる。

「……はい」

他に選択肢はなさそうな雰囲気なので、夏葉も適当に頷いた。

コーヒーを待つ間、それとなく孝史を観察する。

（……仁史さんとはずいぶん雰囲気が違うんだな）

背は仁史と同じくらいだから、百八十五センチ前後だろう。肩幅が広くて胸板に厚みがあり、がっちりした体格なのも仁史と似ている。

顔の作りは似ているのに、仁史と別人のように見えるのは、やはり表情のせいか。

「あいにく砂糖は切らしているが、牛乳はある」

ぶっきらぼうに言って、孝史が湯気の立つカップをローテーブルに置く。

「ブラックでいいです。いただきます」

ソファに座り直して背筋を伸ばし、夏葉は白いソーサーを手に取った。コーヒーのいい香りに、少しだけ気持ちが和らぐ。

隣に座るかと思ったが、孝史はキッチンのカウンターに自分のカップを置いた。立ったままカップに口を付け、落ち着かない様子で何度も腕時計に目を落としている。

（終電間に合うかな……。つか、ここどこだ？　最寄りの駅って近いのかな）

いざとなったらタクシーを拾えばいい。そんなことをつらつらと考えていると、ふいに孝史の携帯電話が鳴り始めた。

「仁史か。今どこだ？　……そうか、わかった。オートロックの暗証番号は知ってるな？　ああ、それじゃあとで」

通話を切ってカウンターの上に置き、孝史が夏葉のほうを振り返る。

「もうすぐ仁史が来る」

「そうですか」

ほっとして、夏葉は肩の力を抜いた。

仁史が来てくれたら、この馬鹿馬鹿しい茶番も終わる。あと少しの辛抱だ。

「……？」

ふと顔を上げると、孝史が大股でこちらに近づいてくるところだった。

無造作に上着を投げ捨て、やけにぎらついた目で夏葉を見据えている。

（え？　な、なんだ？）

突然孝史がのしかかってきたときも、夏葉にはまだ状況が理解できなかった。

いつのまにかソファに仰向けになっていて、真上から鋭い双眸に睨みつけられ……。

「うわあっ！」

大きな手にセーターをたくし上げられて、ようやく夏葉は我に返った。

理由はさっぱりわからないが、孝史が自分をソファの上に押し倒し、衣服を剝ぎ取ろうとしている――。

「何すんだよ！　放せよ！」

渾身《こんしん》の力で、夏葉は孝史の胸を押し返した。

しかし厚い胸板はびくともしない。夏葉の抵抗などまったく問題にならない様子で、孝史はいとも簡単にセーターを毟《むし》り取ってしまった。

「い、嫌だ、ちょっと……っ」

セーターの下は、頼りないＴシャツ一枚だ。それもあっというまにたくし上げられ、薄い胸板が外気に晒《さら》される。

「……っ！」

孝史の吐息がかかり、夏葉はびくりと震えた。

ほのかにコロンの香りが漂ってきて、体の奥深くに眠る官能を揺り動かす。

慌てて身をよじって逃れようとするが、両手首をがっちりと捕らえられ、顔の両脇に押さえつけられてしまった。

「やめてください……っ」

怯えていることを悟られたくなくて、孝史を睨みつける。

「仁史と会うために、わざわざ風呂に入ってきたのか」

嘲笑《あざわら》うようなその言い方に、夏葉はかっと頬を赤らめた。

夏葉の体は、石鹸のいい香りをまとっている。それが孝史に、仁史とセックスするために風呂に入ってきたと思わせてしまったようだ。

「だからそれはっ、誤解だって……っ」

孝史の拘束から逃れようと、夏葉はもがいた。

初々《ういうい》しい肌が桜色に上気し、清潔な香りがふわりと立ちのぼる。それが男にどういう影響を与えるか、初な夏葉は知らなかった。

夏葉を見下ろす孝史の表情が、苦々しげに歪《ゆが》む。

「………知ってるか。恋人同士を別れさせるには、これがいちばん効果的だそうだ」

「えっ？」

よく聞き取れなくて孝史を見上げてしまい、夏葉はぎくりとした。

孝史が体を起こして夏葉の腰を跨《また》ぐように馬乗りになり、ワイシャツを脱ぎ捨てたのだ。

広くてがっしりとした肩、逞《たくま》しい腕、盛り上がった厚い胸板――大人の男の体に圧倒されて、夏葉は目を瞬いた。

「ひあ……っ！」

胸をまさぐられ、情けない悲鳴が漏れてしまう。

同時に今まで経験したことのない感覚が訪れ、全身にびりびりと電流が走った。

（な、何これ……っ）

薄桃色の小さな乳首が、孝史の硬い手のひらの下で急速に硬くなっていく。

乳首の中心の乳頭が小さな丸い肉粒を作り、恥じらいと歓喜に震えているのがわかった。

――男の乳首も性感帯になり得ることを、知らなかったわけではない。自分でも弄ってみたことはあるし、ほのかに官能めいた快感を得ることもできた。

だけど、こんな強烈な感覚は初めてで――。

「んっ、……う……っ」

こりこりした肉粒を手のひらで転がされ、夏葉は歯を食いしばって声を押し殺した。

そうしないと、とんでもなく艶めいた喘ぎ声が漏れてしまいそうで怖かった。

「仁史以外の男に触られても感じるのか」

責めるような口調で言って、孝史が右の乳首を指先で摘《つま》む。

「あああ……っ！」

肉粒を引っ張るようにきつく摘まれ、夏葉はびくびくと身悶《みもだ》えた。

孝史は何気なくやっているだけなのだろうが、夏葉にとってそれは人生が一変するほどの快楽をもたらす行為だった。

「どうした」

夏葉の過剰な反応に、孝史が驚いたように手を離す。まさか乳首への愛撫がこれほど効果をもたらすとは、思ってもいなかったのだろう。

「……っ、ん……っ」

孝史の手が離れても、まだ愛撫の感触が残っている。

快感を知ったばかりの乳首が、ぷるぷると肉粒を震わせて甘く疼《うず》く。

「………」

頬を染め、激しく胸を上下させて喘ぐ夏葉を、孝史が訝しげに見下ろした。

ほんのり色を濃くした乳首が初々しく男を誘うさまに、苛立った表情で眉根を寄せる。

「……初なふりがうまいな」

冷たい声音に、夏葉はびくりと首を竦めた。初々しい反応を演技だと決めつけられ、反論しようと口を開く。

「……ちが……っ」

「仁史とは、プラトニックな関係というわけじゃないんだろう？」

「ひあぁっ！」

孝史に乳首をぎゅっと親指で潰されて、夏葉は艶めいた叫び声を上げた。

――いつのまにか、服の下でペニスが痛いほど張り詰めていた。

太腿《ふともも》を摺《す》り合わせて、恥ずかしい膨らみを隠そうと身をよじる。こんな状況で感じてしまった自分が恥ずかしくて情けなくて、じわっと涙がにじんでしまう。

「……驚いたな」

不自然な動きに、孝史も夏葉が勃起したことに気づいたらしい。

そのセリフに〝乳首だけで勃起するとは〟という驚きが込められていることに気づき、夏葉は耳まで赤くなって顔を背けた。

悔しくてたまらない。

よりによってこの男に、恥ずかしい反応を見られてしまうなんて……。

「う……っ」

堪えきれずに嗚咽《おえつ》を漏らしたそのとき、誰かが玄関のドアを開ける音が聞こえてきた。

「兄貴、入るぞ」

仁史の声だ。

(助かった……)

しかし夏葉が胸を撫で下ろすと同時に、思いがけない展開が待っていた。

「んうっ⁉」

いきなり唇を塞がれて、夏葉は目を白黒させた。

塞いでいるのは孝史の手ではない。孝史の、唇だ――――。

（なんで⁉　どうして俺にキス⁉）

　さっきから孝史が何をしようとしているのか、さっぱりわからない。こんなところを仁史に見られたら、困るのは孝史ではないのか……。

「ううーっ！」

　口の中に舌を突っ込まれそうになり、夏葉は渾身の力でもがいた。

「兄貴？」

　足音がして、リビングの入口に仁史が現れる。

「……や、めろ……っ」

　孝史の胸を押して口づけから逃れ、夏葉は息も絶え絶えに訴えた。

　しかし孝史の大きな手が乱暴に頬を摑み、再び無理やり唇を重ねられてしまう。

「……ふたりとも、何やってんだ……？」

　仁史にも、いったい何が起こっているのかわからなかったらしい。ソファでもつれ合う孝史と夏葉を見下ろし、訝しげに眉根を寄せる。

　孝史ががばっと起き上がり、乱れた前髪をかき上げて仁史のほうへ向き直った。

「……残念ながら、おまえの恋人はとんでもないあばずれだ。見てのとおり、彼は俺を誘惑しようとした」

　孝史の顔を見上げ、夏葉は唖然とした。

呆《あき》れ果ててものも言えない。こんな茶番で、愛し合う恋人同士を引き離せると本気で思っているのだろうか。

「なるほど、兄貴の考えそうなことだ。だけど俺は絶対に冬雪とは別れないよ」

仁史が、その形のいい唇ににやりと笑みを浮かべる。

「考え直せ。こいつはしたたかな男だ。なんと言っておまえに店の資金を出させたんだ？」

孝史が体を起こし、仁史を説得しようと言葉を重ねる。

「あの金は冬雪の店とは全然関係ねえって言っただろ。あれはマンションの手付け金だ」

「信じられないな」

「そう言うと思って、ちゃんとコピー持ってきた」

仁史がジャケットの内ポケットから封筒を出し、カウンターの上に置く。

孝史の顔に動揺が走るのがわかった。ようやく店の資金の件が自分の思い込みだと気づいたのだろう。

「まだ先の話だけど、俺はいずれ冬雪と一緒に暮らす。ああ、これまだ冬雪には言わないでくれよな。俺が同棲用のマンション買うって知ったら、自分も半分出すって言い張るだろうから」

後半は夏葉に向けたセリフだ。

仁史の言葉に、孝史が怪訝そうに眉をひそめるのがわかった。

「それじゃ、悪いけど俺は冬雪に会いに行くよ。もう限界なんだ」

「えっ、ちょ、待って！　俺も帰る！」

慌てて夏葉は起き上がろうともがいた。しかし孝史が馬乗りになっているので身動きが取れない。

「ごめん。今夜はふたりきりにさせて欲しいんだ。わかるだろ？」

仁史が唇の端を持ち上げるようにして、壮絶に色っぽい笑みを浮かべる。

「邪魔しないから、連れて帰って……っ！」

「誤解もとけたことだし、今夜は兄貴が泊めてくれるさ」

「えええっ⁉」

とんでもない提案に、夏葉は涙で潤《うる》んだ瞳を大きく見開いた。

「大丈夫。兄貴は俺と冬雪を別れさせようと悪ぶってただけで、本当はそんな悪い人じゃないよ」

「おい、仁史……」

まだわけがわからない様子で、孝史が体を起こしてソファの端に座る。

「明日また電話する」

玄関のドアを開けようとして、仁史が思い出したように振り返ってにやりと笑った。

「兄貴、言っておくけど彼は正真正銘のバージンだ。可愛いからって手を出すなよ」

「仁史さん！」

真っ赤になって、夏葉は叫んだ。

しかし無情にもドアはばたんと閉まり、孝史とふたりきりで取り残されてしまう。

「……っ」

起き上がりかけてTシャツをたくし上げられたままだったことに気づき、慌てて裾《すそ》を引っ張って胸を隠す。

先ほど自分が孝史に触れられてどんなふうに反応したか思い出し、恥ずかしくて孝史の顔を見ることができなかった。

「きみは……いったい誰なんだ？」

「………入江夏葉です。入江冬雪の弟の……」

消え入りそうな声で言って、夏葉は孝史と距離を開けてソファに座り直した。

「弟？　なぜ初めて会ったときにそう言わなかった」

「それは……だってあのときあんたすごい剣幕だったし」

「だからって、何も兄のふりをすることはないだろう……」

ため息をついて、孝史が両手で前髪をかき上げる。

「嘘をついたことは謝ります。だけど一方的に兄が悪いみたいに決めつけられて、あんた全然話聞こうとしないし……っ」

再び涙が込み上げてきそうになって、夏葉は顔を背けた。

本当はちゃんとわかっている。こうなってしまったのは、自分が嘘をついたせいだ。

釈明の機会は、作ろうと思えばいくらでも作れた。なのにそれをしなかったのは、自分に兄を守ることができると思い上がっていたせいだ。

(俺ってほんとガキだ……)

兄を守るつもりが、かえって孝史の冬雪に対する印象を悪くしてしまった。自己嫌悪の苦い気持ちが胸に広がってゆく。

もう一度大きなため息をついて、孝史が床から夏葉のセーターを拾い上げた。

「……そうだな。私も大人げなかった。仁史が騙されていると思って、頭に血が上ってしまった。あんな態度を取ってしまってすまない」

「…………」

孝史の言葉に、夏葉はごくりと唾を飲み込んだ。自分の浅はかな言動を非難されても仕方ないと覚悟していたので、意外な気持ちだった。

「ほら」

先ほど剝ぎ取られたセーターを差し出され、視線を泳がせながら受け取る。

よく見ていなかったせいで指先が軽くぶつかってしまい、夏葉はびくりと体を竦ませた。

(あ……っ)

仁史が来てくれたおかげで治まりかけていた熱が、再び下半身をじんわりと包み込む。そればかりか、Ｔシャツの下で乳首がきゅっと縮こまるのもわかった。

（なんでこんなときに……っ）

再びペニスが疼き始め、夏葉はもじもじと膝を擦り寄せた。快感を知った乳首がはしたなく尖り、Ｔシャツの薄い布地にくっきりと肉粒の形を浮かび上がらせる。

裏返しになったセーターをひっくり返そうと、夏葉は焦った。

乳首が目立つのが恥ずかしくて、早くセーターで隠したい。しかし指先が震えて、なかなかひっくり返すことができなかった。

夏葉が頬を染めて恥じらう姿を、孝史の鋭い双眸がじっと見つめていた。

やがてその眼差しが、衝動に突き動かされるように熱を帯びたことに……夏葉は気づく余裕もなかった。

「……そのままじゃつらいだろう」

「え……？」

ふいに孝史に肩を抱き寄せられ、夏葉は驚いて目を見開いた。

華奢で無防備な体は、たやすく孝史に抱き上げられてしまう。

「ちょっと！　何するんですか……っ！」

子供のように膝の上に抱っこされそうになり、慌てて夏葉は孝史の手から逃れようともがいた。

「……こうなったのは私のせいだろう。責任は取る」

孝史が生真面目な表情で呟く。

その言葉の意味を理解して、夏葉は耳まで真っ赤になった。

夏葉の体の状態に、孝史は気づいている。治まりかけていた熱が、ほんのわずかな指先の触れ合いで再燃してしまったことを……。

「なっ、そ、そんな責任取らなくていいです！」

立ち上がって逃げようとするが、それよりも早く後ろから伸びてきた手に捕らえられてしまった。

「ひゃ……っ！」

偶然か故意か、孝史の手が尖った乳首を掠《かす》める。その瞬間全身に電流が走り、へなへなと力が抜けてゆく。

「きみは本当にここが弱いんだな」

夏葉の反応に気づいた孝史が、ふっと笑みを浮かべた。

うなじに孝史の吐息がかかり、それすらも官能の刺激となって夏葉を煽る。

そして大きな手は、今度は明確な意思を持って乳首をまさぐり始めた。

「……あっ、や、やめて……っ」

　Tシャツの上から胸を愛撫され、夏葉は身をよじった。

　布越しの感触が、ひどくもどかしい。夏葉の言葉とは裏腹に、乳首は直に触れられたがって淫《みだ》らに疼いている。

「遠慮しなくていい」

「え、遠慮してるわけじゃなくて、ほんとにもう、やばいから……っ」

　恥を忍んで、夏葉は窮状《きゅうじょう》を訴えた。

　乳首が気持ちいいだけなら、もうしばらくこの快感を味わっていたいくらいだ。けれど乳首への愛撫は体の中心を貫いてペニスに直結しており、ズボンの下がかなりまずいことになっている。

「あ、あ……っ」

　先走りが漏れて、下着を濡らすのがわかった。

（パンツ……汚れちゃう……っ）

　なんとか堪えようと、太腿をぴったりと寄せて荒い呼吸をくり返す。

　しかし夏葉の懸命な努力は、無遠慮に伸びてきた孝史の手によって蹴散らされた。

「ひゃっ！　や、やめ……っ！」

　ファスナーを下ろされそうになり、慌てて夏葉はその手を振り払った。

　張り詰めた膨らみに孝史の指先が当たり、先走りがどっと溢《あふ》れる。

「恥ずかしがらなくていい。脱がないとまずいだろう」

真っ赤になって震えている夏葉を膝の上に抱き直し、孝史が穏やかに語りかける。

まるで子供に言い聞かせるような口調だ。だからといって恥ずかしさが軽減するわけでもなく、むしろ性的に未熟であることを指摘されているようで屈辱的《くつじょくてき》だった。

「……は、放して……」

「脱ぐのが先だ」

「ひあっ、あ、ああ……っ！」

孝史にファスナーを下ろされた瞬間、限界が訪れた。

びくびくと体を痙攣《けいれん》させながら、下着の中で射精する。

――そのあとのことを、夏葉はよく覚えていない。

意識が空白になり、初めて味わう快感に呆然と身を委《ゆだ》ね……まるで夢を見ているように、何もかもが非現実的だった。

「……間に合わなかったな」

ぼそっと呟く孝史の声に、はっと我に返る。

何が間に合わなかったのか理解して、夏葉は絶望的な気分に襲われた。

……他人が見ている前で、下着を汚してしまった。中学生ならまだしも、二十にもなって。

しかも相手は孝史だ。兄の恋人の兄で、ついさっきまで天敵だった男――。

恥ずかしくて情けなくて、涙がぽろぽろと溢れてきた。

泣いていることを気づかれたくなくて身をよじるが、熱い雫《しずく》が孝史の腕にぽたりと滴り落ちてしまう。

「……泣くな」

孝史の声には、戸惑いと困惑が入り混じっていた。

いつも自信満々で堂々としている彼には、およそ似つかわしくない響きだ。

「泣いてるわけじゃない……っ」

孝史に同情されるのが嫌で、しゃくり上げながら否定する。

「きみを泣かせようとしてやったわけじゃない」

聞き分けのない子供に言い聞かせるように、孝史が根気よく言葉を重ねる。

その生真面目な口調に、孝史がわざと意地悪をしたわけではないことが伝わってきて、夏葉はほんの少し緊張を緩めた。

「…………」

そっと膝の上から下ろされて、孝史の隣に座らされる。俯いたまま、夏葉は手の甲でごしごしと涙を拭った。

「そんなふうに目を擦ったらだめだ」

「わ、わかってる……」

言いながらも目尻の涙を擦り取っていると、ふいに手首を摑まれた。

反射的に顔を上げてしまい……鋭い双眸と潤んだ瞳が至近距離で絡み合う。

「……っ⁉」

ふいに覆い被さってきた孝史に、避ける間もなく唇を重ねられる。

顔を背けて逃れようとするが、両手でがっちりと顔を挟まれてしまった。

（……なんで？　仁史さんもう帰ったのに……）

孝史がなぜ自分にキスするのかわからなくて、頭が混乱する。

先ほどの仁史に見せつけるためのキスと違って、今度は丁寧で優しかった。

「……ん……っ」

舌先で唇をなぞられ、吐息に甘さが混じる。

奥手な夏葉の官能を引き出すかのように、孝史の舌はゆっくりと時間をかけて夏葉を煽った。

（あ……）

唇を割って、孝史の舌が中に入ってくる。

さっきは驚いて拒絶したが、熱い舌で口腔《こうこう》内の粘膜をまさぐられる快感に抗《あらが》えなかった。

（気持ちいい……）

キスがこんなに気持ちいいものだとは、想像もしていなかった。

少々強引に絡みついてきた舌に、夏葉は無意識に応えていた。おずおずと舌を絡め、初めてのディープキスに陶然《とうぜん》と身を任せる。

「……っ」

ふいに肩を摑まれ、唇を引き剝がされる。

官能に呑み込まれそうになっていた夏葉は、焦点の合わない目で呆然と孝史を見上げた。

孝史が眉根を寄せて、苦しげな表情で夏葉を見下ろす。

「……風呂に入ってきなさい。着替えは用意しておく」

素っ気なく言って立ち上がり、孝史は背を向けた。

そのセリフに、下着を汚してしまったことを思い出し……夏葉はかっと顔を赤らめた。


（さっきのキス、なんだったんだろう……）

浴室でシャワーを浴びながら、釈然としない気持ちを持てあます。

最初のキスはわかる。仁史に、自分が孝史を誘惑したと誤解させるためだ。

けれど、さっきのキスは優しかった。恥ずかしい粗相《そそう》をしてしまった自分に、孝史は同情してくれたのだろうか……。

「入るぞ」

「あ、はい」

ぼんやりと物思いに耽《ふけ》っていた夏葉は、慌てて返事をした。孝史が脱衣室に入ってくる気配がして、緊張で体が強ばる。

「ここに着替えを置いておく」

「すみません……ありがとうございます」

シャワーを止めて、夏葉は礼を言った。磨《す》りガラスの扉の向こうに孝史の影が映っており、ひどく落ち着かない気分だった。

「洗濯物は洗濯機に入れておいてくれ」

「えっ、いえ、いいです！」

「遠慮するな。乾燥機があるからすぐ乾く」

「いえほんとに……っ」

真っ赤になって、夏葉は口ごもった。

孝史は親切で言ってくれているのだろうが、これ以上さっきの恥ずかしい出来事を蒸し返して欲しくない。忘れたふりをしてくれればいいのに、律儀に面倒を見ようとするところはやはり長男ゆえの気質か。

「……そうか。風呂や洗面所にあるものは、なんでも遠慮なく使ってくれ」

念を押すように言って、ようやく孝史が脱衣室から出ていく。

ほっとして、夏葉は肩の力を抜いた。

（他人の家でお風呂使わせてもらうなんて、いつ以来だろう……）

見たことのないブランドのシャンプーやコンディショナー、いい香りのする石鹼を眺めながら、不思議な気持ちになる。

こんなにも予想外の展開で一日の終わりを迎えることになるとは、今朝起きたときには思いもしなかった。

（孝史さんて歳いくつだろう？　三十はいってるよな？）

夏葉にとって、孝史くらいの年齢はいちばん馴染みの薄い世代だ。

大学で接する教職員は年配者が多く、学科でいちばん若い講師も四十代、去年までアルバイトしていた飲食店にも三十代の男性はいなかった。

（まだおじさんってほどでもないけど、兄貴や仁史さんみたいに若者って感じもしないし……）

これくらいの年代の大人の男性と話したのは、もしかしたら初めてかもしれない。

夏葉が好きになるのはいつも年上の男性だったが、思い返してみるとせいぜい三つか四つしか離れておらず、同世代の範疇《はんちゅう》だった。

（いや別に、孝史さんのことそういう目で見てるわけじゃないけど！　第一、向こうから見れば俺なんか子供だろうし）

さっきから孝史のことばかり考えている自分に気づき、慌てて夏葉は彼の情報を頭から追い払った。

石鹸の泡を流し、さっぱりした気持ちで浴室の扉を開ける。

脱衣かごの中に、ふかふかのバスタオルが置いてあった。その下に孝史のものらしき青いパジャマと、ビニール袋に入ったままの新品の下着。

手に取ってみると、Sサイズのボクサーブリーフだった。

（……もしかして、わざわざ買ってきてくれたんだろうか）

孝史の体格でSサイズはあり得ない。

そういえば、夏葉が風呂に入る前に『ちょっと近くのコンビニに行ってくる。すぐに戻る』と言っていた。

（意外とまめっていうか……結構親切……）

くすぐったいような気持ちで、夏葉はバスタオルに身をくるんだ。

――恥ずかしい粗相をしてしまったが、孝史は夏葉を馬鹿にしたりなじったりしなかった。

それどころか、世話を焼いてくれている。

事情があったとはいえ、今まで彼につんけんした態度ばかり取っていたことを、夏葉は少々反省した。

（まあいろいろむかつくこともあったけど、誤解もとけたことだし、俺も態度を改めよう……）

そう決めて、夏葉は孝史のパジャマに袖を通した。

若く見えた。

「お風呂、どうもありがとうございました」

キッチンにいる孝史に声をかけ、ぺこりと頭を下げる。

孝史もカーディガンとコーデュロイのパンツに着替えており、スーツ姿のときよりいくぶん若く見えた。

「それと、これも……」

ぶかぶかのパジャマを手で示すと、孝史がわずかに眉根を寄せた。

孝史とは身長も体格も違いすぎて、夏葉の華奢な体に孝史のパジャマは大きすぎる。上着の袖とズボンの裾は折ればどうにかなるが、ズボンのウエストがずり下がるのが困りものだ。

「……悪いな。今夜はそれで我慢してくれ」

なぜか孝史が、居心地悪そうに目をそらす。

「いえ、ありがたくお借りします。それと、下着……わざわざ買ってきてくれたんですね」

頬を染めながら、夏葉は切り出した。

孝史が何度も瞬きをくり返し、咳払いをする。

「ああ、下着は私のというわけにはいかないし、サイズも合わなさそうだったから」

「あの、お金、払います」

「いや、気にしないでくれ。ああなったのは私の責任だ」

「…………っ」

真っ赤になって、夏葉は俯いた。

孝史も落ち着かないらしく、キッチンをうろうろと歩きまわっている。

ふたりの間のなんとも微妙な空気に、改めて気恥ずかしさと照れくささが込み上げてきた。

「……腹、減ってないか？　おでんを何種類か買ってきた」

「……はい、いただきます」

素直に好意に甘えることにして、夏葉は頷いた。

そういえば今夜は夕食を食べ損ねてしまった。閉店後に冬雪が明日の仕込みをするために店に来て、そのとき持ってきてくれたおにぎりを食べたきりだ。

孝史がコンビニのおでんを皿に移し、レンジで温める。

ふと気になって、夏葉は壁の時計を見上げた。電車で帰るのは無理そうな時間だが、タクシーを使えば帰れないわけでもない。

「あの、ほんとに泊めていただいていいんですか」

「ああ、構わん。明日きみの家まで送る」

「………すみません、お世話になります」

もう一度ぺこりと頭を下げると、孝史がふいにくすりと笑った。

「ずいぶん殊勝だな。さっきまでの威勢はどこに行ったんだ？」

からかうような口調に、夏葉は唇を尖らせた。

「それは………まあ、俺も嘘ついてたの悪かったと思ってるし、一応、兄貴の彼氏のお兄さんだし」

「なるほど。私ときみの関係はそうなるのか。私から見たら、きみは弟の恋人の弟だな」

確認するように言って、孝史がおでんの皿をソファの前のローテーブルに置く。カウンターにはスツールが一脚しかないので、客が来たときはこちらで食事をするらしい。ソファに置いてあったクッションをふたつ取って席を作り、夏葉に座るよう促した。

「きみもビールでいいか」

冷蔵庫を開けた孝史が、振り返って尋ねる。

「ええと……アルコールはやめときます」

「ああ、悪い。未成年か」

「いえ、二十歳です。だけど滅多に飲まないんで」

「じゃあ烏龍茶でいいか？」

「はい」

烏龍茶のペットボトルと缶ビールを手に戻ってきた孝史が、ローテーブルを挟んだ向かいの席に胡座《あぐら》をかく。

「どうした、遠慮せずに食べなさい」

「あ、はい、いただきます」

軽く手を合わせてから、割り箸を手に取る。湯気を立てるおでんが食欲をそそり、急に空腹を感じて、夏葉はしばし無言で食べることに集中した。

向かいの席の孝史は、ビールを飲みながらゆっくりしたペースで大根を口に運んでいる。孝史は夏葉ほど空腹ではなさそうだ。ということは、夏葉につき合ってくれているのだろう。

「……たまご、いいですか」

「ああ、どうぞ。俺は会社を出る前に夕飯済ませたから、どれでも好きなのを食べなさい」

「じゃあ遠慮なく」

本当に遠慮せずに、たまごとはんぺんを皿に取る。

(恥ずかしいところ見せちゃったから、これ以上取り繕う必要ないからかな……)

これも一種の開き直りなのかもしれない。

開き直りついでに、夏葉は気になっていたことを尋ねてみる気になった。

「あの……訊いてもいいですか」

「なんだ」

「店のお金の件の誤解がとけたわけだけど、それでもやっぱりうちの兄貴と仁史さんのこと、反対してます？」

夏葉の質問に、孝史はビールの缶を置いて身じろぎした。

「………きみも知ってのとおり、仁史の仕事はスキャンダルが命取りになる。それがわかっているから、そう簡単に賛成するわけにはいかない」

孝史の答えにがっかりしたが、腹は立たなかった。

彼が仁史のためを思ってそう言っていることはよくわかる。もしも夏葉が孝史の立場なら、やはり同性の恋人に対しては慎重な態度を取るだろう。

夏葉が黙っているのを怒っていると勘違いしたのか、孝史が釈明するように言葉を継ぐ。

「私はあいつの親代わりなんだ」

「……親代わり？」

思いがけない言葉に、夏葉も箸を置いて姿勢を正した。

「うちは早くに父親を亡くして母子家庭だった。仕事で多忙の母親に代わって、私が仁史の面倒を見てきた。……私は四角四面で融通の利かない性格だ。自由奔放な仁史には、ずいぶん煙たがられたと思う」

思わず夏葉は大きく頷いた。

孝史と会う前、いつだったか仁史が兄がひとりいると話してくれたことがある。とにかく真面目で、自分にも他人にも厳しくて……という言い方から、仁史は兄と折り合いが悪いのだという印象を受けた。

「仁史が俳優になりたいと言ったとき、母はやりたいことをやりなさいと言って背中を押したが、私は猛反対したんだ。成功するかどうかもわからない世界にいきなり飛び込むより、まずは大学に行って将来のことをじっくり考えろと」

言葉を区切って、孝史は大きくため息をついた。当時のことを思い出したのか、眉間に皺が寄っている。

「何度も話し合って、一年やってみて芽が出なかったら大学に行くと約束させて、しぶしぶ芸能界入りを認めた。仁史は必死で頑張ったよ。そして約束のタイムリミットぎりぎりで大役を掴んだ。仁史の映画デビュー作、観たか？」

「ええ、とてもいい映画でした」

「ああ、とてもいい映画だった。私も仁史の才能を認めざるを得なかった」

そう言って孝史は笑みを浮かべ、ビールを呷《あお》った。

「私は考えを改め、仁史が俳優として大成するよう、できる限りの応援をすることにしたんだ」

「……だから仁史さんを守ろうとしたんですね」

「そうだ」

孝史の気持ちはよくわかる。膝の上で手を握り合わせて、夏葉はゆっくりと口を開いた。

「……あなたが反対する気持ち、よくわかりました。あなたの立場だったら、俺もきっとふたりの交際に戸惑うと思う」

孝史が黙ってじっと夏葉の目を見つめる。

彼は決してわからず屋ではない。今は夏葉の話に耳を傾けようとしてくれているし、今すぐには無理でも、きっと解決策が見つかる。

「俺んち、両親が離婚してるんです。俺が中学に入ってすぐのとき……兄貴は高校卒業して調理師の専門学校に入ったばかりでした。俺は母親と、兄貴は父親と一緒に暮らすことになって」

宙を見上げ、言葉を探す。

「俺、そのときまだほんとガキで……親の離婚がすごくショックで、だんだん母親と口利かなくなって部屋にこもるようになって……学校も行かなくなったんです」

両親が離婚していることは、親しい友人には話している。

しかし不登校の過去は、誰にも話したことがなかった。

「俺が学校行かなくなったことを心配して、兄貴がちょくちょく会いに来てくれました。だけど俺、すごく気持ちが荒れてて……兄貴に八つ当たりばっかかして、ひどいこともいっぱい言っちゃって……」

当時のつらい思い出がよみがえり、言葉が詰まる。

封印していた過去を他人に打ち明けることは、想像以上にきつかった。

だけど、彼には話さなくてはいけない。

冬雪がどれだけ自分の支えになってくれたか。だからこそ、冬雪の幸せを願わずにいられないのだということを、彼にはわかって欲しい。

「俺がどんなにひどい言葉を浴びせても、兄貴だけは俺を見捨てなかった。兄貴のおかげで、俺は少しずつ外に出られるようになったんです。学校が忙しいときも、休みの日にはいろんなところに連れ出してくれて」

涙が込み上げてきそうになり、慌てて笑顔を作る。

どうも今日は涙腺がかなり弱っているらしい。

「俺には兄貴がいちばん大切な家族なんです。だから絶対に幸せになって欲しい。仁史さんが兄貴のこと本当に大事に思ってくれてるの知ってるから、俺はふたりの仲を応援したいんです」

ぎこちない笑みを貼りつけて、夏葉は殊更明るい声で言った。

黙って話を聞いていた孝史が、ふっと口元に笑みを浮かべる。

それは今までのような見下した笑いではなく、穏やかで優しい笑みだった。

「……っ」

一瞬呼吸が止まりそうになり……慌てて大きく息を吸う。

（……び、びっくりした。この人でも、こういう表情することあるんだ）

どぎまぎして、夏葉は目をそらした。しかめ面の印象が強かったので、こんな笑顔は意外すぎて面食らってしまう。

「きみの気持ちもよくわかった。我々は、お互いに歩み寄る必要があるようだな」

「……そうですね」

ぐすっと洟《はな》をすすり上げると、孝史がボックスティッシュを差し出してくれた。

照れ隠しに、わざとずびーっと派手な音を立てて洟をかむ。

「今日はもう遅い。話は明日にして、そろそろ寝よう」

「はい」

孝史が立ち上がったので、夏葉は急いでおでんの残りを胃袋に収めて「ご馳走さまです」と手を合わせた。


「……ん……」

微かな物音に、ソファでうとうとと微睡《まどろ》みかけていた夏葉は薄目を開けた。

広々したリビングを、フロアランプの柔らかな明かりがほの暗く浮かび上がらせている。

（ああ、孝史さんがお風呂に入ってるのか……）

寝返りを打って、目を閉じる。

——遅い夕飯のあと、夏葉は先に寝ているように言われた。

驚いたことに、孝史は寝室のダブルベッドで一緒に寝るつもりだったらしい。

『いえそんな、俺、ソファでいいです……っ』

『遠慮するな。私は寝相も悪くないし、いびきもかかない』

『いえ、そういうことではなく……』

孝史の申し出を固辞し、ブランケットを借りてソファで寝ることにした。

成り行きとはいえ、あのような性的な行為をしてしまった相手と同衾《どうきん》するなんて、夏葉にはとても考えられなくて……。

長かった一日の疲れが、瞼《まぶた》に重くのしかかる。

（いろいろあって疲れたけど……孝史さんの誤解もとけたし、俺も正直な気持ちを話すことができてよかった……）

頑固なわからず屋だと思っていたが、そうではなかった。

今すぐには無理でも、孝史にはいつか冬雪と仁史のことを認め、祝福して欲しい。

シャワーの水音を聞きながら、夏葉は深い眠りに落ちていった——。

6

——翌朝。

目覚めた夏葉は、自分が見慣れない場所にいることに気づいてぎょっとした。

（……え？　ここどこだ？）

仰向けに横たわったまま、ぐるりと部屋を見渡す。

ビジネスホテルのように殺風景な部屋だが、ホテルではない。六畳ほどの部屋の中央にダブルベッド、ベッドの横にサイドテーブル、窓のそばには革張りのアームチェア。家具はそれだけで、壁の一面がクローゼットになっている。

そこが誰の寝室であるか思い出し……夏葉はがばっとベッドの上に起き上がった。

（なんで⁉　俺、確かリビングのソファに寝てたはずだよな⁉）

ベッドから下りようとして、自分の寝乱れた姿に再びぎょっとする。

ぶかぶかのパジャマのズボンが、すっかりずり下がっていた。

（うわ……）

慌ててベッドの横に立ち、ズボンを引っ張り上げる。幸い朝勃《だ》ちはしていなかったが、下着が丸見えの状態で眠っていたらしい。

「起きたか？」

「はっ、はいっ！」

ずり下がるズボンを手で押さえ、夏葉は振り返った。

すっかり身支度を整えた孝史と目が合って、かあっと頬が熱くなる。

「……あの、俺、なんでベッドで寝てたんですか……？」

「ゆうべ私が風呂から上がったら、きみは大きなくしゃみをしていた。風邪をひかせてはいけないと思い、ベッドに運んだ」

どことなくぎこちない口調で言って、孝史が目をそらす。

「すみません俺、全然気づかなくて……代わりにあなたがソファに？」

「……いや、寒かったから。朝食の用意ができている」

くるりと背を向け、孝史は寝室のドアを後ろ手に閉めて出ていった。

孝史の言葉を反芻《はんすう》し……呆然とその場に固まってしまう。

（……え？　つまり、一緒に寝てたってこと……だよな？）

同衾したことも驚きだが、孝史はいったいどうやって自分をベッドに運んだのだろう。

（引きずられたら、さすがに目が覚めるよな？　ってことは……）

抱き上げられて運ばれたのだろうか。

ずり下がるズボンを引っ張って、夏葉は耳まで赤くなった。

（………パンツが見えていなかったことを祈るしかない）

まったく、孝史には恥を晒してばかりだ。

これ以上恥ずかしいところを見せまいと、夏葉は決意を新たにした。


「いただきます……」

気恥ずかしくて孝史と目を合わせられなくて、夏葉は俯きがちに手を合わせた。

朝食はトーストとサラダ、ベーコンエッグという、ひとり暮らしの男性にしてはなかなか充実した内容だった。

「たまごの硬さの好みがわからなかったので、適当だが」

「あ、いえ、半熟大好きです。美味しいです」

「トースト、もう一枚どうだ」

「これで充分です」

互いに目を合わさず、ぎくしゃくとした会話が続く。

険悪な空気というわけではないが……居心地の悪さは孝史も感じているようだった。

「……そういえばゆうべ聞きそびれたが、きみのご両親は今どうしている？」

「母は、俺が高校卒業するときに再婚しました。父のほうも、兄が専門学校出て就職したのを機に再婚して……今ではふたりともそれぞれ家庭を持ってます」

「……そうか」

新しい家族には、再婚相手の連れ子もいる。冬雪と夏葉も彼らの子供であることに変わりはないが、少々疎遠になってしまったのも確かだ。

母の再婚が決まったとき、ホテルで働いていた冬雪が一緒に暮らそうと言ってくれて、今のマンションで同居が始まった。おかげで再び部屋に引きこもることなく、兄弟ふたりでの生活を楽しめるようになった。

「あっ！」

サラダを食べていた夏葉は、急に素《す》っ頓狂《とんきょう》な声を上げた。

ゆうべからのごたごたですっかり忘れていたが、今日は冬雪が店に復帰する日だ。

「今何時ですかっ」

勢い込んで訊きながら、自分でも壁の時計を見上げる。

八時二十分。十一時の開店には充分間に合いそうだが、開店前の準備を手伝うつもりだったので夏葉は焦った。

「何か予定があるのか？」

「はい、あの、今日から兄が店に復帰するんです」

「復帰……？」

孝史が怪訝そうに眉根を寄せる。

「先月手を怪我して、店を休んでたんです。休業するって言ってたのを俺が店番するからって開けることにして、フードメニューなしでやってたんですけど、今日からランチ再開することになってて……」

たどたどしい説明だが、孝史はすぐにわかってくれたようだった。

「なるほど、それできみがひとりで店にいたのか。食べ終わったら支度しなさい。家まで車で送る」

「えっ、いいです。最寄りの駅までの道を教えていただけたら自分で帰れます。それに、お仕事なんじゃ……」

「今日は土曜日だ」

「あっ、そうか」

曜日のことなどすっかり頭から抜け落ちていた。

「開店は何時だ？」

コーヒーカップを置いて、孝史が身を乗り出す。

「十一時です。けど、できれば九時半くらいには店に入っておきたいです」

「それなら充分間に合う。慌てなくていい。ちゃんと食べていきなさい」

諭すような口調で言われて、夏葉は素直に「はい」と頷いた。

結局夏葉は、店の近くまで孝史の車で送ってもらうことになった。

自宅に帰っていたら時間のロスだし、制服一式は店に置いてあるので問題ない。開店前には越智も来てくれることになっているが、少しでも早く店に行って冬雪の手伝いをしたかった。

「あの、どうもありがとうございました」

商店街の近くで孝史の車から降り、夏葉はぺこりと頭を下げた。

運転席の孝史が眩しそうに目を細め、夏葉を見上げる。

「いや……。お兄さんに、近々お会いしたいと伝えておいてくれ」

「はい……っ！」

これは大きな前進だ。

嬉しくなって、夏葉は弾けるような笑顔で頷いた。

7

孝史のマンションに泊まった日から、五日後の木曜日。

夕刻のアンブローシアのキッチンで、夏葉は物憂げなため息をついた。

「どうしたの、ため息なんかついちゃって」

冬雪がくすくすと笑う。

「だってさ……兄貴は憂鬱《ゆううつ》じゃないの？」

越智は一時間ほど前に上がったし、カウンター席に客もいないが、夏葉は声を潜めた。

――今夜店が閉まったあと、孝史と冬雪が会うことになっている。仁史も同席すると言い張っていたが、急な仕事が入って来られなくなってしまった。

『だったら俺が同席する……！』

『だめ。これは僕と仁史くんの問題だから、これ以上夏葉を巻き込むわけにはいかないよ』

夏葉の主張は、あっさり却下されてしまった。

それでも心配で、夏葉は朝から落ち着かなかった。

孝史は歩み寄る姿勢を見せてくれたが、交際には反対している。初対面のときのつっけんどんな態度を思い出すと、冬雪をひとりで孝史と対峙させるのは不安だった。

「あのさ、やっぱ俺も同席するよ。兄貴と仁史さんの問題って言うけど、家族じゃん」

なおも言い募ると、冬雪は穏やかな笑みを浮かべて夏葉の肩に手を置いた。

「心配してくれてありがとう。でも大丈夫だよ。ほら、お客さん」

ドアに付いた鈴が、ちりんと涼やかな音を立てている。

冬雪に肩を押され、夏葉は営業用の顔に戻って踵を返した。

「いらっしゃいませ」

入ってきたのは、若い女性のふたり連れだった。ひとりの顔には見覚えがある。

「えっと……ケーキあります？」

見覚えのあるほうの彼女が、首を傾げるようにして尋ねる。

「はい。シフォンケーキ、チーズケーキ、バナナケーキ……それとスコーンがあります。タルトは売り切れちゃったんですけど」

夏葉が答えると、彼女はぱっと顔を輝かせた。

「よかった。こないだお店の前を通りかかったら、ドリンクメニューだけって書いてあったから」

「ああ、すみません。しばらくの間ランチとケーキをお休みさせていただいてたんですよ。土曜日から再開しました」

「そうだったんですか」

「どうぞ、ご案内します」

彼女たちを窓際の席に案内し、メニューを手渡す。

「私はシフォンのセット、アッサムのミルクティで」

メニューも見ずに、見覚えのあるほうの女性が言う。もうひとりも「じゃあ私も」とメニューを閉じた。

「かしこまりました」

キッチンにオーダーを伝えに行きながら、夏葉は常連客が戻ってきつつあることを実感した。

――五日前の、冬雪の復帰日。

土曜日だったこと、それに数日前から店内にランチ再開のチラシを置いて告知したせいか、店は大盛況だった。

夏葉が店に到着したのは午前十時。その日は越智も早めに手伝いに来てくれたので、開店時間には準備をすっかり整えて客を迎えることができた。

『そんなに急がなくてよかったのに……仁史くんのお兄さんにちゃんとお礼言った？』

『言った……ってゆうか、仁史さんが俺を一緒に連れて帰ってくれればよかったのにさあ……』

孝史の家に泊まることになった経緯を思い出し、夏葉は恥ずかしくなって照れ隠しに憎まれ口を叩いた。

言ったあとで仁史が去り際に言ったセリフを思い出し、更に顔が赤くなってしまった。

その意味に気づいたのか、冬雪もみるみる赤くなった。

久々に仁史と会って、前の晩は燃え上がったのだろう。我が兄ながら、その日の冬雪は一段と美しく輝いていた——。

（……兄貴たちが、ちょっと羨《うらや》ましい）

身近にラブラブのカップルがいると、ふと独り身を寂しく感じることがある。

早く恋人が欲しいと焦っているわけではないけれど……。

（俺だって、別にもてないわけじゃないんだよな。これまでにも何度か交際申し込まれたことあるし……）

まだ運命の相手と出会っていないだけだ。

その場限りの気軽なつき合いではない、人生をともにしたいと思える相手……。

ふいに孝史の顔が脳裏に浮かぶ。

（なっ、なんであの人が……っ⁉）

慌てて夏葉は、孝史の残像を頭から振り払った。

なぜ今孝史を思い浮かべてしまったのか、自分でもさっぱりわからない。

（俺にとってああいう……え、エッチなこと初めてだったから、脳みそがなんか勘違いしてるんだな……）

彼にされたことを思い出して、赤くなる。

幸い仁史は、夏葉が孝史に押し倒されていた件は黙ってくれていた。

夏葉としてもあの恥ずかしい出来事は冬雪に知られたくなかったので、助かった。

これからも冬雪は孝史と顔を合わせる機会があるだろうが、自分はどうだろう。

（……別に会う理由もないよな。まあいずれ兄貴と仁史さんが結婚したら、親戚になるかもしれないけど……）

冬雪はまだ尻込みしているが、仁史は冬雪と結婚する気満々だ。日本ではまだ同性婚は認められていないので、同性間での結婚に準ずる関係……養子縁組を考えているらしい。

そうなったら、自分と孝史も家族か親戚になる。

伯父や伯母、あるいは従兄弟たちのように、法事のときくらいしか会わない疎遠な親戚かもしれないが……。

「シフォンセットふたつ、お願いします」

冬雪の声にはっと我に返り、夏葉はオーダーの品をトレイに並べた。

――閉店三十分前。

そろそろ客足も途絶え、店内には二組の客を残すばかりとなった。

「夏葉、今日はもう上がっていいよ」

「ん……」

キッチンに立って夏葉は生返事をした。

あとは冬雪ひとりで問題なさそうだが、それでも帰る気になれなかった。

「いや、片付け手伝うよ。明日の仕込みも」

冬雪が振り返り、くすりと笑う。

「仁史くんのお兄さんが来るの、気になる？」

「えっ、いや、そういうわけじゃないんだけど……っ」

からかうように言われて、夏葉は狼狽えた。

――実はそうだ。今日は朝からずっと気になっている。

冬雪と孝史は閉店後の店内で会うことになっているので、閉店までここにいれば孝史に会えるかもしれない。

（いや別に、会いたいってわけじゃないんだけど……）

心の中で否定しても、帰りたくないということは、やはり少しは会いたい気持ちがあるのかもしれない。

「えっと、ほら……こないだ泊めてもらったから、一応顔見て礼言っとこうかと……」

しどろもどろに言いわけする。

「じゃあ明日のランチの下準備手伝ってくれる？　じゃがいもの皮剥きお願い」

それ以上は追及せずに、冬雪が笑顔を浮かべる。

「お、おう」

シンクでじゃがいもを洗って、夏葉は作業に取りかかった。

「夏葉が僕のふりをしたって聞いたときはびっくりしたけど、結果的にはよかったと思ってる。夏葉には感謝してるよ」

「えっ」

冬雪に声をかけられ、夏葉は作業の手を止めた。

冬雪には孝史のマンションから帰った日に事の次第をすべて報告して謝ったが、冬雪は『いいんだよ、夏葉は僕のためを思ってそうしてくれたんでしょう？』と言っただけで、それ以上は何も言わなかった。

「……僕が孝史さんに別れろって詰め寄られたら、お金の誤解のことがなくても、弱気になって身を引いてしまったと思う」

「…………」

「でも今は、仁史くんとのことが認められるように頑張ろうって思えるんだ。夏葉が応援してくれてるから……」

はにかんだように言って、冬雪は長い睫毛《まつげ》を伏せた。

その言葉に、夏葉は胸が熱くなった。

自分が冬雪の幸せを願う気持ちは、ちゃんと伝わっている。そしてそのことが冬雪を勇気づけているのだとしたら、とても嬉しい。

「兄貴……」

「あ、お客さんだ」

冬雪が、照れたように目をそらす。

鈴の音に振り返った夏葉は、胸がどきんと高鳴るのを感じた。

――アンブローシアに現れたのは、孝史だった。

相変わらず一分《いちぶ》の隙もないスーツ姿で、堂々とした存在感を漂わせている。

「……っ！」

目が合って、夏葉は瞬時に赤くなってしまった。慌てて視線をそらすが、心臓がやかましいほど鳴り響いている。

目の端に、彼がこちらに向かってゆっくりと歩いてくる姿が映った。

「……大河内です。すみません、約束の時間より早く着いてしまって」

「あっ、いえ、どうぞお掛けください」

冬雪の声も緊張している。閉店後に訪ねてくると思っていたので、予想外の事態に動揺しているようだった。

ここは自分がしっかりして、冬雪をサポートせねばならない。

「兄貴、俺が行くから」

小声で囁いて、夏葉はしゃんと背筋を伸ばした。

息を吸って呼吸を整え、孝史が座った窓際の隅の席に向かう。

「こんにちは」

「……ああ」

顔を上げた孝史が、眩しそうに瞬きをする。

「あの、先日は大変お世話になりました」

「いや」

五日ぶりに会うせいか、孝史はひどくよそよそしかった。

夏葉の言葉に、曖昧に頷いてテーブルの上で手を握り合わせている。

「……えっと……閉店までまだ少しあるので、よかったらお茶いかがですか？」

「……そうだな」

「どれでもお好きなのをどうぞ」

メニューを開いて見せると、孝史は困ったように眉根を寄せた。

「私はコーヒー一辺倒で、紅茶のことはよく知らないんだ。何かおすすめはあるか？」

「香りのお好みはありますか?」

「そうだな、変わった匂いのものは苦手かもしれない。アールグレイというのはあまり好きではなかった」

「ではダージリンかアッサムはいかがでしょう。アールグレイのように香料を使っていないので、紅茶本来の香りを楽しめます。ダージリンはマスカットのような香りが特徴で、アッサムはミルクティによく合います」

紅茶の説明をしながら、夏葉は落ち着かない気分で孝史の様子を窺った。

孝史と冬雪は今日が初対面だ。冬雪の印象は、彼の目にどう映っただろう……。

「ではダージリンを」

「かしこまりました」

「ああ、ちょっと待ってくれ」

踵を返そうとすると、孝史に呼び止められた。

振り返って彼と目が合い、どきりとする。

「……心配しなくていい。前みたいに頭ごなしに反対するつもりはない。私は……きみたち兄弟のことをもっとよく知りたいと思っている」

「……ありがとうございます」

彼の言葉に、胸がじんわりと熱くなる。

〝きみのお兄さん〟ではなく〝きみたち兄弟〟と言ったのは、単なる言葉の綾だろうか。それとも言葉どおりの意味だろうか。

「お、お茶をお持ちします」

妙なことを考えている自分に気づき、逃げるように背を向ける。

「ああ、それと、もうひとつ」

再び呼び止められ、夏葉はその場に固まった。

「きみの携帯番号を聞いてもいいか」

「……え……っ？」

思いがけない申し出に、声が上擦ってしまう。

「仁史に聞けばわかるだろうが、勝手に聞き出すのはまずいと思ってな」

孝史も落ち着かない様子で、言いわけがましく弁解する。

「べ、別に構いませんけど」

早口で言って、夏葉は逃げるようにキッチンへと急いだ。

素っ気ない態度は接客業失格だが、孝史の予想外の申し出は夏葉をひどく動揺させ、それだけ言うのが精一杯だった。

「兄貴……ダージリンお願い」

キッチンに戻って、小声で囁く。

「どうしたの？」

「どうしたのって、何が？」

「なんか、今にも倒れそうな顔してる」

「……あー……そうかも」

自分でも、軽いパニック状態になっているのがわかる。

孝史が、自分の携帯番号を知りたがっている。

それがいったいどういう意味なのかわからないけど、ちっとも不愉快ではなく……いや、それどころか、今の自分は少々舞い上がっているかもしれない。

「彼に何か言われたの？」

冬雪が気遣わしげに眉根を寄せる。

「あ、いや、悪いことじゃないよ、全然。きみたちのことをもっとよく知りたいって」

「そう、ならいいけど……」

「えっと、レジにメモ用紙あったよね」

言いながら、夏葉はそそくさと背を向けた。

冬雪に突っ込んで聞かれたら、どう答えていいかわからない。

何せ自分でも、なぜ孝史に聞かれるままに携帯番号を教えようとしているのか、わけがわからないのだから。

メモ用紙に携帯番号とメールアドレスを書いて、夏葉はそっとエプロンのポケットに突っ込んだ。

机の上に置いた携帯電話を見つめ、夏葉はため息をついた。

――テーブルにダージリンを運んでいったとき、さりげなく孝史にメモを手渡した。

『……あの、これ』

我ながら、素っ気なくてつっけんどんな渡し方だった。

孝史は『ありがとう』と言ってメモをスーツの内ポケットにしまっていたが、夏葉の失礼な態度に呆れたのではないだろうか。

（うう――……もっとちゃんと渡せばよかった）

けれど、孝史に対して笑顔で愛想良く振る舞うなんてできそうにない。

ウェイターの制服を着ているときでさえそうなのだから、こうして素に戻ったときに電話がかかってきたら、いったいどういう態度を取ればいいのか。

（すぐにかかってくるわけじゃないだろうけど）

時計を見ると、閉店からそろそろ一時間が経とうとしている。

冬雪と孝史の話し合いの内容も気になるが、夏葉は彼に手渡した自分の携帯番号のことが気になって仕方がなかった。

（……あ）

マンションの外廊下を歩く足音に、ぴんと耳をそばだてる。

この足音は、たぶん冬雪だ。そわそわと玄関に向かい、ドアスコープを覗くと、やはり足音の主は冬雪だった。

「おかえり！」

冬雪が鞄から鍵を取り出す前に、勢いよくドアを開ける。

「うわっ、びっくりした……っ」

冬雪が面食らったようにあとずさり、それからおかしそうに笑った。

「ただいま」

「……どうだった？」

「孝史さんのこと？」

玄関に突っ立ったまま、こくこくと頷く。

「心配しなくても、反対されたわけじゃないよ」

靴を脱いで玄関に上がり、冬雪が夏葉の肩を軽く叩く。

「じゃあ何話してたの？」

「これからのこと」

そう言って冬雪はコートを脱ぎ、ダイニングの椅子を引いて座った。

夏葉にも向かいの席に座るように、手で促す。

「……僕と仁史くんが、今後どういうつき合いをするつもりか訊かれた。今まで夏葉にもそういうことあんまり話したことなかったよね。僕たち……お互いを人生のパートナーだと思ってる。男性と女性だったら話は簡単なんだけど、僕たちはそうはいかない」

冬雪の言葉の続きを、夏葉は固唾を呑んで待った。

「だけど、いずれは結婚に近い形で一緒になりたいと思ってるんだ」

「……うん」

今まで口にしたことはなかったが、冬雪も仁史と同じ気持ちだったのだ。一度は仁史のためを思って身を引いた冬雪が今は前向きに将来を考えていることに、胸がじんと熱くなる。

「僕も知らなかったんだけど、仁史くんが去年新築のマンションの手付け金を払ったらしくて、どうもそのお金のことでお兄さんが誤解してたみたいで」

「あ、マンションのこと、聞いたんだ」

「うん、こないだ仁史くんから聞いた。いったいどうして僕が店の資金を出させたなんて誤解されてるんだろうって不思議で、問い詰めたら白状した」

ふたりで顔を見合わせて笑う。

仁史の性格をよく知っているので、冬雪に問い詰められてたじたじとなる彼の姿が目に浮かぶようだった。

「孝史さんには、そういう話をした。黙って僕の話を聞いてくれたよ。今すぐに賛成するわけにはいかないけど、しばらく僕たちの交際を見守って、考えたいと言ってくれた」

「そっか……」

話し合いが円満に終わったようで、夏葉はほっと胸を撫で下ろした。

現状では、それが最善の選択といえるのではないだろうか。

「それはそうと夏葉、孝史さんと何かあったの？」

「えっ、なんで？」

動揺しつつ、夏葉は平静を装って問い返した。

しかし頬が熱くなるのが自分でもわかる。

「いやなんか、やたら夏葉のこと聞かれてさ……。僕たちの話よりも、むしろ夏葉の話のほうが多かったくらいで」

「俺の……どんな話？」

「子供の頃のことかな。夏葉、孝史さんにうちの事情を話したんでしょう？」

「まずかった？」

「ううん、全然。だけど夏葉が他人にそういう話するのめずらしいよね」

「……うん、まあ、行きがかり上そういう話になっちゃって……」

「うん、聞いた。夏葉がすごく兄思いだって感心してた」

「……ほんとに？」

くすぐったいような気持ちで、夏葉は頰を緩めた。

それから慌てて照れ隠しに付け加える。

「最初に印象悪くしちゃったから、心配だったんだ。俺、結構がーっと言い返しちゃったし、生意気なガキだと思われてるんだろうなあって」

「そうなの？　全然そんな感じじゃなかったよ」

「そっか。よかった」

わざと素っ気なく言って、夏葉は席を立った。

「兄貴、飯どうする？」

「あー……先にお風呂入ってこようかな」

「オッケー。じゃあもっかい火通しとく」

キッチンへ行って、夏葉はシチューの鍋を火にかけた。

ひとりになると、自然と顔が緩んでくる。

（ま、別に孝史さんに気に入られたいってわけじゃないけど、いずれ家族になるなら、ちょっとでもいい印象持たれたほうがいいしな）

ダイニングテーブルに箸やスプーンを並べていると、ふいに携帯電話の着信音が鳴り始めた。

「……っ！」

未登録の番号だ。しかし夏葉は迷わず通話ボタンを押した。

「はいっ！」

『……ああ、夏葉くんか？　大河内だ』

「……はい、俺です」

初めて名前を呼ばれ、心臓が激しく動悸を打つ。

胸の高鳴りは、決して嬉しいからではない。ちょっとばかり緊張しているだけだ……。

『お兄さんは？』

「さっき帰宅しました。今風呂に入ってますけど……何か伝えましょうか？」

『いや、きみに用があって電話したんだ』

「………………」

固唾を呑んで、夏葉は孝史の言葉の続きを待った。

『今度の土曜日は空いてるか』

「土曜……ですか」

土曜日にいったい何があるのだろう。

『ああ。よかったら、先日の埋め合わせをさせて欲しい。一緒に出かけないか』

孝史の言葉に、夏葉は口から心臓が飛び出しそうになった。

「ちょ、ちょっと待ってくださいっ」

ちょうど冬雪が風呂から上がった気配がしたので、保留ボタンを押してバスルームのドアをノックする。

「なあに？」

冬雪がのんびりと返事をする。

「あのさ、今週の土曜日、ちょっと出かけたいんだけど……」

「いいよ。越智くん来てくれるし」

「ごめん、サンキュ！」

急いでキッチンに戻り、夏葉は保留ボタンを押した。

「お待たせしてすみませんっ。大丈夫ですっ！」

つい鼻息が荒くなってしまい、慌てて口元を手で押さえる。

『そうか、よかった。じゃあ十一時に迎えに行く。詳しくはまたメールする』

「はい……っ」

通話を切っても、まだどきどきが治まらなかった。

断ることもできたのに、なぜ断らなかったのだろう。

自分で自分の言動が制御できないような感覚に戸惑って、夏葉は携帯電話を握り締めたままその場に立ち尽くした。

「夏葉？　どうしたの？」

「えっ、あ、ああ、えーと、ちょっと土曜日に人と会うことになって」

「もしかして孝史さん？」

「えっ、ああ…………うん」

しどろもどろに返事をする。

なぜか孝史と一緒に出かけることを、冬雪に知られるのが気恥ずかしかった。

「やっぱり。さっき話したとき、夏葉くんにいろいろ失礼な態度をとってしまったのでお詫びがしたいって言ってたから」

「そっか、お詫びね、うん」

うんうん、と何度もくり返して頷く。

「僕としても、夏葉が仁史くんのご家族と仲良くなってくれると嬉しいよ」

「お、おう！　任せといて」

ぎこちない笑顔を浮かべて、夏葉は拳で自分の胸を叩いた。

8

土曜日は朝から快晴だった。

鏡の前に立って、夏葉はしきりに手櫛《てぐし》で髪を直した。

朝からそわそわして、気持ちが落ち着かない。約束の時間にはまだ十分以上あるが、夏葉は早々と玄関の鍵を閉めてマンションの階段を駆け下りた。

（あ……）

マンションの前に、見覚えのある車が停まっている。

夏葉の姿を認めると、運転席のドアが開いて孝史が降り立った。

「おはよう」

孝史はダークグレーのジャケット姿だった。ネクタイこそしていないが、私服姿もいかにも大人の男性という感じがする。

対する夏葉はオフホワイトのスプリングコートに空色のシャツと白のニットのベスト、ベージュのスリムパンツに買ったばかりの白い革のスニーカーという出で立ちだ。持っている服の中でいちばん小綺麗に見える格好をしてきたつもりだが、それでも自分がひどく子供っぽいような気がして、夏葉は少々気後れしてしまった。

「おはようございます……もしかして、ずっと待っててくれてたんですか?」

「ああ……道がすいてて、思ったより早く着いた」

「電話くれたらよかったのに……」

「電話して急かすほどのこともないと思って」

言いながら、孝史が助手席のドアを開けてくれる。

口の中で小さく「お邪魔します」と呟きながら、夏葉は助手席に乗り込んだ。

互いに目を合わさず、どことなくぎこちない雰囲気だった。自分だけでなく、孝史も戸惑っている様子なのが伝わってくる。

「今日は……どこへ行くんですか?」

視線を前に向けたまま、夏葉は運転席に乗り込んだ孝史に尋ねた。

「まず昼食。それから水族館だ」

「水族館!? 俺、すっげー好きなんです!」

ぱっと顔を輝かせて、夏葉は孝史のほうへ向き直った。

振り向いた孝史と間近で目が合って、どきりとする。

「ああ。お兄さんから聞いた」

夏葉の目を見て、孝史が少し表情を和らげた。

そんなことまで冬雪から訊き出していたとは意外だった。今日は先日のお詫びらしいので、夏葉の趣味を優先してくれたのだろう。

「何か食べたいものはあるか？」

「うーん……とりあえず寿司はパス。寿司食ったあと水族館行くと、どうしてもそういう目で見ちゃうから」

孝史が声を立てて笑った。

笑うと目尻に皺ができて、それがやけに大人っぽくてどぎまぎする。

「イタリアンか中華は？」

「どっちも好きです」

「それじゃイタリアンにしよう」

エンジンをかけながら、孝史が言う。

高鳴る気持ちを抑えながら、夏葉は窓の外を眺めた。

（うわー……なんかこれ、デートみたいじゃね？）

いやいや、これはデートではないと即座に打ち消しつつ、年上の魅力的な男性とふたりきりで出かけるというシチュエーションに、今更ながら緊張を覚えた。

（魅力的？　いやまあ、孝史さんは見た目は一応かっこいいし……そりゃそうだ、なんたって仁史さんのお兄さんなんだし）

仁史は誰もが見とれるほどかっこいいし、夏葉も初めて会ったとき、世の中にはこんなイケメンがいるのかと驚いた。

けれど、仁史とはすぐに打ちとけたこともあって、ふたりきりになっても緊張を感じたことはなかった。

どうして孝史と一緒にいると、こんなに緊張してしまうのだろう。

（第一印象が最悪だったからだな、きっと）

そう結論を下して、夏葉はその件についてそれ以上考えるのをやめた。


「おお、すげーっ！」

トンネル式の水槽を見上げて、夏葉は感嘆の声を上げた。

水に光が差し込み、きらきらと輝いている。広大な水槽の中は、大小さまざま、色とりどりの魚が泳いでいた。

中でもひときわ目を引くのが巨大なエイだ。平たい体を優雅にうねらせ、悠然《ゆうぜん》と頭上を通り過ぎてゆく。

エイの独特な動きに目を奪われ、夏葉は水槽を見上げたまま立ち止まった。

見つめていると、自分も水の中をたゆたっているような、不思議な気持ちにさせられる。

「こうして下から見上げるのは、なんとも奇妙な感覚だな。自分も海の生物になったような気がしてくる」

「ええ……ほんとに」

孝史の言葉に、夏葉は頷いた。

孝史も今自分と同じ気持ちを味わっていることを知って、それがなんだか嬉しい。

――孝史が連れてきてくれたのは、都内にある大型水族館だった。前から一度行ってみたいと思いつつ、入場料が高くて躊躇《ちゅうちょ》していた場所だ。

「そういえば水族館来たの、久しぶりだ……」

思わず呟くと、孝史がちらりと振り返って夏葉を見下ろした。

「そうなのか？」

「ええ、中学のときに兄がよく地元の水族館に連れてってくれたんですけど、それ以来です」

あの頃は、毎日暗い水底に沈んでいるような気分だった。

だから最初は薄暗いイメージの水族館に乗り気ではなかったのだが、水の中を自由自在に泳ぐ魚を眺めているうちに、張り詰めた気持ちが和らいでいくのを感じた。

冬雪とふたり、時間が経つのも忘れて水槽に見入った日々を思い出す。

「こういうトンネル式の水槽は初めて見ました。なんか明るくていいですね」

下から見上げると、きらめく水面に向かって上昇していくような、ポジティブな気分になれる。

白い腹を見せて大きな亀が頭上を横切るのを、夏葉は無心に目で追った。

「私も水族館は久しぶりだ」

夏葉の隣に立って同じように亀を見上げていた孝史が、ふと思い出したように呟く。

「そうなんですか？」

「ああ、確か小学校の遠足以来だと思う」

「えっ、そんなに久しぶりなんだ……もしかしてあまり好きじゃないんですか？」

亀と孝史を交互に見ながら、夏葉は気になって尋ねた。

「いや、そんなことはない。たまたま機会がなかっただけだ」

「ふうん……水族館ってデートの定番コースだと思ってました」

「きみはデートで来たのか？」

「いえ、俺のことじゃなくて、世間一般に。だから孝史さんも来たことあるのかなって」

「これまでつき合った相手に、水族館に行きたがるタイプはいなかったからな」

孝史の言葉に、どきりとする。

振り返る目が合い、孝史が苦笑した。

「買い物、買い物、食事、そしてまた買い物」

「はは……女の人はショッピング好きですもんね」

相槌《あいづち》を打ちながら、夏葉は複雑な気分だった。

どうして孝史の女性関係の話題が、こんなにも気を滅入らせるのだろう。

（そういえば……聞いたことなかったけど、今もつき合ってる人がいるかもしれないんだよな）

孝史に背を向けるようにして、夏葉はトンネルの出口に向かってゆっくりと歩き始めた。

夏葉と肩を並べて歩きながら、孝史が何気ない調子で切り出す。

「きみは……駅でキスしてた男とつき合ってるのか？」

「えっ⁉　いえ、違います……っ、あれは大学の同級生で……っ」

慌てて夏葉は否定した。すっかり忘れていたが、そういえば越智にキスされたところを孝史に見られたのだった。

「同級生？」

「………交際を申し込まれましたが、断りました」

探るような目つきで見つめられ、夏葉はしぶしぶ白状した。

「そうか」

孝史はそれ以上追及しようとはしなかった。

しばし無言で、光が乱舞するトンネルの通路を歩く。

「孝史さんは……どうなんですか？　つき合ってる人、いるんですか？」

口に出してから立ち入ったことを聞いてしまったと後悔したが、もう遅い。

「いない」

即答だった。その返事になぜかほっとして、肩の力が抜ける。

「ふうん……」

興味のないようなふりをして、夏葉はトンネルの向こうの部屋にある水槽に近寄った。

続きの部屋は照明が落としてあり、深くて暗い場所に棲む魚たちが展示されていた。

孝史も夏葉の隣に来て、水槽の中を覗き込む。

「きみは大学生だったのか」

「言ってませんでしたっけ？　光智《こうち》大の二年生……来月から三年生です」

「学部は？」

「社会学部です」

孝史がふと思案顔になり、何かを思い出そうとするように宙を見上げた。

「光智大の社会学部……木畑《きばた》先生を知ってるか？」

「ええ、三年生になったら木畑先生のゼミに入ることになってるんです。ご存知なんですか？」

「私が学生の頃、木畑先生はまだあちこちの大学を掛け持ちしている非常勤の講師だった。一般教養科目で木畑先生の講義を取って、すごく面白かったから覚えてる」

「そうなんですか。実は俺、高校のときに木畑先生の本を読んで、それで社会学に興味持ったんです」

「もしかして『近代家族という幻想』か？」

「はい、それです」

嬉しくなって、夏葉は振り返って頷いた。

「私も読んだ。あれは興味深い内容だった」

「ですよね！　それまでああいうものの見方って知らなかったから、すごく新鮮で……」

そばにいたカップルが振り返ったので、慌てて夏葉は口をつぐんだ。

つい、はしゃいでしまった。自分のこういうところが子供っぽくて嫌になる。

「ああ、とても新鮮だった」

夏葉のはしゃいだ様子に眉をひそめることなく、孝史は笑みを浮かべて同意してくれた。


「イルカのショー、思ってたより迫力あってすごかったー！　それにサメ！　あの目はまじすごい！　夢に出てきそう」

久々の水族館を満喫して、夏葉は上機嫌だった。

「サメの水槽の前から動かなかったもんな」

「孝史さんもペンギンに釘付けでしたよね」

「ああ、あれはずっと見ていても飽きない鳥だ」

「鳥？　あ、そうか、ペンギンって鳥か。なんか鳥って感じがしないけど」

他愛のない言葉を交わしながら、駐車場へ向かう。

今朝会ったときのぎこちなさは消え、今日一日で前よりも打ち解けたような気がする。それが嬉しくて、夏葉の足取りも軽やかだった。

外に出ると、空はうっすらと暮れかけていた。思っていたよりも水族館に長居してしまったようだ。

「さて……少し早いが、夕食にしようか」

「そうですね」

「昼はイタリアンだったから、夜は中華はどうだ？」

「賛成です」

中華と聞いて、夏葉は気軽に賛成した。炒飯、餃子、焼売などが頭に浮かぶ。

――ところが、連れていかれた店を見て、夏葉はすっかり気後れしてしまった。

昼のイタリアンも洒落た素敵な店だったが、孝史の言う中華は夏葉が思い描いていた中華料理店とは全然違ったのだ。

「うわ……なんかめっちゃ高そうなんだけど」

立派な店構えに、怖《お》じ気《け》づく。

「気にするな。私の奢《おご》りだ」

「だけど……お昼も水族館も奢ってもらって、その上こんなすごいお店なんて……俺、もっと普通のところでいいのに」

「まあそう言わずに来い。ここの料理は他とはひと味違う。デザートの杏仁豆腐も絶品だ」

「あっ、杏仁豆腐っ？」

杏仁豆腐は夏葉の大好物だ。絶品と言われたら、食べないわけにはいかない。

誘惑に逆らえず、夏葉は吸い込まれるようにして高級中華料理店へと足を踏み入れた。


「どうぞ」

「お邪魔します……」

緊張した面持ちで、夏葉は孝史の部屋の玄関で靴を脱いだ。

――食事のあと、孝史に「ちょっとうちに寄っていかないか」と誘われた。

躊躇したが、まだ帰りたくない気分で……もしかしたらそれはちょっぴり嗜《たしな》んだ紹興酒《しょうこうしゅ》のせいかもしれないが……ついふらふらとついてきてしまった。

（……う）

リビングのソファが目に入り、あの恥ずかしい出来事がまざまざと脳裏によみがえる。

（やっぱまずかったかな。なんで行くって言っちゃったんだろう）

今更帰ると言えなくて、リビングの入口あたりで立ち尽くす。

「どうした」

「えっ？　いや……」

言い淀んでいると、孝史が正面に立って笑みを浮かべた。

「緊張してるのか？」

「ええっ？　いや、そういうわけじゃ……っ」

「顔が赤いぞ」

「……っ！」

ふいに顎をすくい上げられ、夏葉は目を見開いた。

ゆっくりと孝史の顔が近づいてくるのを、不思議な思いで見つめる。

「ん……っ」

唇に、熱いものが触れる。

反射的に目を閉じて、夏葉は孝史の唇を受けとめた。

唇がぴったり重なり、孝史の手が腰にまわされる。

（あ……）

舌で唇を割られそうになり、夏葉はびくりと体を震わせた。

「……嫌か？」

唇を軽く重ねたまま、孝史が低くくぐもった声で尋ねる。

その声にぞくりと肌が粟立《あわだ》つのを感じて、逞しい腕の中で身じろぎする。

「……そうじゃないけど……なんで……」

「どうしてキスをするのかってことか？」

頷くと、孝史が唇を離して夏葉の体を抱き寄せた。

「わからん」

「わからんって、どういうことですか」

ふざけた返事にむっとして、夏葉は問い返した。

「理由はわからないが、こうしたい」

「えっ、ちょ、ちょっと……んん……っ」

強く抱き締められて、再び唇を塞がれる。

今度は、先ほどのキスよりも強引だった。口の中に舌が押し入ってきて、夏葉の柔らかい舌に絡みつく。

「……あ……っ」

官能に目覚めた体は、すぐに孝史の口づけに反応した。

口腔内を隈《くま》なく舌でまさぐられ、ペニスがぴくんと兆《きざ》し始める。

（うわ、まずい……）

夏葉の股間は孝史の太腿に密着している。そこが高ぶっているさまが、孝史にも伝わっているに違いない。

なんとか体を離そうと試みるが、孝史に尻を摑まれ、ますます強く引き寄せられてしまった。

（……え、も、もしかして孝史さんのも、勃ってる……⁉）

お腹のあたりに、硬いものが当たっている。

この硬く盛り上がった感触は、間違いなく興奮した男性器のそれだ。

（ええっ、な、なんかすごくおっきくない⁉）

布越しにもはっきり伝わってくる質量に、夏葉は動揺した。

――先日エッチなことをされてしまったときには、こんなふうに体に当たったりしなかった。夏葉も余裕がなくて、孝史のものがどうなっているのか気づく暇もなかった。

「……っ！」

孝史は、わざとそこを夏葉の体に押しつけている。

それがわかって、夏葉は耳まで赤くなった。

――仁史は芸能界でも一、二を争う巨根の持ち主だと噂されている。そういう下世話な情報は嫌でも目に入ってくるものだ。

もちろん夏葉は仁史の体を直に見たことはない。けれど映画で水着姿の仁史を見て、噂は本当だと確信した。

夏葉と冬雪は、身長こそ夏葉のほうが五センチほど高いが、体格やパーツのディテールはほぼ同じだ。そして大河内家の兄弟も、体格がよく似ている。

ということは、あそこもきっと……。

(うわーっ、俺ってば何考えてるんだっ、こんなときにそういうことを思い出すなっ!)

真っ赤になって、夏葉は孝史の抱擁《ほうよう》から逃れようともがいた。

「逃げるな」

「だって……っ」

「嫌か?」

再び孝史が耳元で囁く。

掠れた声がやたら色っぽくて、夏葉は膝の力がかくんと抜けるのを感じた。

「………な、何するの……?」

「きみの嫌がることはしない」

瞼にキスされ、夏葉は首を竦めた。

……嫌じゃない。ちょっと怖いし不安だけど、体は嫌がるどころか孝史の愛撫を待ち望んでいる。

「おいで」

夏葉の手を取って、孝史が寝室のドアを開けた。

（どうしよう……こないだのあれとはわけが違う……）

頭の中では戸惑いと躊躇する気持ちがあったが、孝史は『嫌がることはしない』と言った。

その言葉を信じることにして、夏葉はおずおずと彼のあとに従った。

「ひゃ……っ」

寝室に入るなり、再び抱き締められる。

もつれ合うようにしてベッドに倒れ込み、夏葉は孝史の口づけに応えた。

やがて孝史が、夏葉をベッドカバーの上に押さえつけるようにして覆い被さってくる。

（うわ……あ、当たってる……っ）

体がぴったりと重なり、先ほどよりもはっきりと孝史の高ぶりを感じた。

心なしか、さっきよりも更に大きくなっているような気がする……。

「……わかるか？」

「……え？」

掠れた声で問いかけられ、夏葉は潤んだ目で孝史を見上げた。

「これ」

孝史が、腰を軽く前後に揺らす。

「あ……っ」

勃起した性器を擦りつけられて、夏葉は艶めいた声を上げた。

孝史のそれは、ズボンを突き破らんばかりに硬くいきり立っている。

夏葉のものも、ズボンの下で痛いほど張り詰めている。

「あ、だ、だめ……っ」

布越しの卑猥《ひわい》な行為に、夏葉の初なペニスは耐えきれず先走りを漏らした。下着がじわっと濡れる感触に、慌てて食い止めようと身をよじる。

「……先に脱ぐか？」

「…………」

顔を背けて唇を噛み、夏葉は羞恥《しゅうち》に震えた。

けれど、脱がないともっと恥ずかしいことになってしまう。先日のように、孝史の目の前で下着を汚すことだけは避けたかった。

睫毛を伏せ、意を決して小さく頷く。

孝史が体を起こして夏葉のベストを脱がせ、シャツのボタンに手をかける。

「や……っ」

ボタンを外そうとした大きな手を、慌てて夏葉は掴んだ。

「上を脱ぐのは嫌なのか？」

「そうじゃなくて……っ」

孝史の手が、シャツの下の乳首に当たったのだ。

乳頭を掠めるようなわずかな接触だったが、敏感な乳首は過剰に反応した。凝った肉粒が官能に震え、その刺激は下半身へと直結し、先走りが溢れて下着を濡らす。

「……ああ、そういうことか」

太腿を寄せてもじもじと腰を揺らす夏葉に、孝史も察してくれたらしい。

やけに色っぽい笑みを浮かべて、夏葉のズボンのボタンを外す。

「あ……」

恥ずかしい場所を覆い隠そうとするが、孝史にやんわりと阻止されてしまった。

ファスナーを下ろされ、ズボンをずり下ろされ、淡い水色の清潔なボクサーブリーフが露《あら》わになる。薄い布地は夏葉の形をくっきりと浮かび上がらせ、初々しくも淫らに盛り上がっていた。

「……驚いたな。もうこんなに濡れてる」

「あ、あ……ああっ！」

先端を包み込む部分に広がった染みを指先でなぞられ、夏葉はびくびくと身悶えた。

――もう限界だった。堪えきれず、下着に包まれたまま射精する。

「い、いや、見ないで……っ」

恥ずかしい粗相を隠したくて、夏葉は頬を染めて体をよじった。

夏葉が懇願《こんがん》したにもかかわらず、孝史が夏葉の腰をがっちり掴んでそこを見下ろす。

水色の布地に、みるみるうちに白濁の染みが広がってゆく。濡れた下着は、ペニスの形だけではなく色まで透けさせてしまった。

夏葉がすべて出し終えるのを見届けて、孝史が満足そうに太腿を撫でる。

「……あんっ」

敏感になっている内股を撫でられ、夏葉は声を上げた。自分でもびっくりするようないやらしい声が出てしまい、かあっと顔が熱くなる。

「心配しなくても、ちゃんと替えの下着を用意してある」

「……え？」

「サイズが合わなくてぶかぶかだったから、パジャマも買っておいた」

「な、お、俺、泊まるなんて……っ」

「さっき、私の手がここに当たっただろう」

「ひあ……っ！」

からかうようにシャツの上から乳首をまさぐられ、夏葉はあからさまに反応してしまった。

孝史に気づかれていた。

恥ずかしくてたまらないのに、乳首ははしたなく凝って快感を求めている。

「ちょっと手が当たっただけなのに、すごく感じたみたいだな」

「ちがっ、あ、やだ……っ」

少々乱暴な手つきでシャツのボタンを外され、体から毟り取られる。

白い胸板が露わになり、桜色の小さな乳首がふるふると震えた。

孝史が短く呻き、右の乳首にむしゃぶりつく。

「あああ……っ！」

舌先で乳頭の肉粒を転がされ、夏葉は息も絶え絶えに喘いだ。

たまらなく気持ちいい。

けれど、唇での愛撫は初心者の夏葉には刺激が強すぎて……。

「だめっ、やめて……っ」

このままではまた粗相をしてしまいそうで、夏葉は必死で訴えた。

「……私ももう限界だ」

孝史ががばっと体を起こし、ベッドから下りてシャツを脱ぎ捨てる。

（うわ……）

孝史の体は、成熟した男の色気をたっぷりと漲《みなぎ》らせていた。

浅黒い肌、がっしりとした広い肩、筋肉の付いた逞しい腕と厚い胸板――そして仕立てのいいグレーのズボンの中心は、猛々《たけだけ》しく盛り上がっている。

初な夏葉には、卑猥すぎる眺めだ。慌てて目をそらすが、残像が網膜にしっかりと焼きついてしまった。

……ベルトを外す音、ファスナーを下ろす音、そして衣擦《きぬず》れの音……。

「あ……っ」

再び孝史の熱い体がのしかかってくる。

肌が直に触れ合う感触に、彼が全裸であることがわかって、夏葉は真っ赤になった。

「ひあ……っ」

濡れた下着の中心に、硬いものが当たっている。

「……これ、脱がせていいか」

上擦った声で言って、孝史が夏葉の下着に手をかける。

思わず視線をそちらに向けた夏葉は、孝史の中心でぶるりと揺れるものにぎょっとした。

(お、おっきい……)

屹立《きつりつ》した性器の先端は、夏葉のものとは比べものにならないほど大きかった。

赤黒く怒張し、先走りで濡れるさまは、同じ器官とは思えないほど雄々《おお》しく猛々しい。

「あ……」

濡れた下着を下ろされ、夏葉のペニスがぷるんと飛び出す。

綺麗な桃色のそれは、孝史のものとは対照的に、小ぶりで初々しい。瑞々《みずみず》しい果物のような亀頭は白濁に濡れ、再び頭をもたげようと健気《けなげ》に震えていた。

孝史が獣じみた唸《うな》り声を上げ、夏葉の上に覆い被さる。

大きさの違うふたつの性器が直に触れ合い、夏葉は驚いて悲鳴を上げた。

「いや……っ」

「大丈夫だ……こうやって擦るだけだから」

「そ、それ嫌……っ！　あ、ああん……っ」

腰が砕けそうな快感が押し寄せてくる。

孝史の太くて硬い勃起で擦られて、夏葉のペニスも再び硬さを持ち始める。

「いやあ……っ」

「悪い、気持ち悪いか？」

気持ち悪くなんかない。気持ちよくてどうにかなりそうだった。

やめて欲しくなくて、夏葉は必死で孝史の首にしがみついた。

「夏葉……」

耳元で囁かれ、腰がびくびくと痙攣する。

孝史の裏筋が自分のそれを擦る感触が生々しく伝わってきて、夏葉はとろとろと先走りを漏らした。

「だめ、もう出るから……っ」

「出していいぞ」

「あ、あ……あああ……っ！」

夏葉が射精する間、孝史は動きを止めてしっかりと抱き締めてくれた。

密着した熱い体の間で、失禁したように薄い精液が漏れる。

「あ……っ」

夏葉が漏らしたものが、孝史の硬くて太い性器をしとどに濡らしていた。

その感触が恥ずかしくて、ぽろぽろと涙が溢れてくる。

「もう少し我慢してくれ……」

呻くように言って、孝史が律動を再開させた。

「あ、あっ、いやあ……っ」

いったばかりのペニスをいきり立った大きな性器で擦られ、気が遠くなりそうな快感に包まれる。

「あ、あ……！」

ふたりの体の間で、再び熱い精液が迸《ほとばし》る。

孝史のそれは、夏葉のものよりも量が多くて……濃厚な牡《おす》の匂いを放っていた。

（すごい……孝史さんのが、いっぱい……）

我を忘れて孝史の体にしがみつき、夏葉はその淫らな快感を貪《むさぼ》った――。

「おい、大丈夫か？」

「…………っ⁉」

頬を軽く叩かれて、夏葉ははっと我に返った。

目を見開くと、真上から孝史が心配そうな顔で覗き込んでいる。

「ああ、気がついたか。驚いた、いきなり気を失うから」

「……え、俺、気を失ってたの？」

「覚えてないのか？」

孝史に問われて、夏葉はなぜ気を失ったのか思い出した。エロティックな行為が鮮やかによみがえり、かあっと頬が熱くなる。

赤くなった夏葉の顔を見て、孝史が口元に笑みを浮かべた。

「悪かったな、無理させて。初心者には刺激が強すぎたか？」

「……しょ、初心者って……」

「そうなんだろう？」

今更取り繕っても仕方ないので、夏葉は目をそらして小さく頷いた。気恥ずかしさに耐えられなくなり、くるりと寝返りを打って孝史に背を向ける。

「気を失ってたのはほんの二、三分だ」

孝史の大きな手が、夏葉の髪を撫でる。

その仕草が優しくて、夏葉は思わず涙ぐみそうになった。

「………さっきのあれ、なんだったの……?」

背を向けたまま、小声で尋ねる。

孝史が体を横たえる気配がして、後ろから抱き締められる。

いつのまにかベッドカバーは外されて、その下のブランケットにくるまれていた。清潔なシーツを汚してしまいそうで気になったが、孝史の温もりの心地よさに抗えなくて、彼に抱かれたまま、じっと息を潜める。

「このところずっと、自分の気持ちがよくわからなくてもやもやしてた。さっきもきみになぜキスするのかと問われて、答えられなかった」

「………」

「だが、今ようやくわかった。私はきみに惹かれている」

「……それってどういう意味で?」

用心深く、夏葉は質問した。

糠喜《ぬかよろこ》びはしたくない。だが同時に、もしかしたら……という期待に胸が高鳴る。

「私とつき合って欲しい。恋人として」

「……っ！」

心臓が大きくどくんと脈打った。

きっと孝史にも聞こえてしまったに違いない。

それでもまだ信じられなくて……いや、信じてしまうのが怖くて、夏葉は質問を重ねた。

「……兄貴のこと、反対してたのに？」

「ああ、そうだな。あれは反省している。まさか自分が同性を好きになる日が来るとは思わなかった」

ため息交じりの言葉には、どことなくまだ迷いが感じられた。

そのことが夏葉の心にブレーキをかけ、浮かれそうになる気持ちを戒める。

「さっきの、嫌だったか？」

「……………ちょっとびっくりしたけど」

「それは嫌ではないということか？」

「俺…………まだよくわかんない」

それが正直な気持ちだった。

自分も孝史に惹かれている。しかし恋愛経験のない夏葉には、今ここで結論を出すのが少し怖かった。

「そうか。性急な真似をしてすまなかった」

そう言って、孝史は体を起こした。

背中の温もりを失って、ぶるっと背中が震えてしまう。

「先にシャワー浴びてきていいか？」

「うん……」

寝返りを打って、夏葉は孝史を見上げた。

孝史は紺色のボクサーブリーフ一枚の姿で、寝室を出ていこうとしていた。

「あの……」

ブランケットを首元まで引っ張り上げて、夏葉は孝史を呼び止めた。

「どうした？」

孝史が振り返り、穏やかな笑みを浮かべる。

その優しい表情に、夏葉は勇気を奮《ふる》い起こして口を開いた。

「あのさ、俺……よくわかんないけど、あんたとこういうことするの、嫌じゃない」

孝史が戻ってきて、ベッドの端に腰掛ける。

「じゃあまたデートに誘ってもいいか」

「……うん」

「よかった」

そう言って、孝史は夏葉の頬に軽くキスした。

9

——デートの翌々日の月曜日、午後三時。

昼から大雨になったせいか、アンブローシアは客足が途絶えて閑散としていた。

「越智くん、今日三時までだよね？　お疲れさま。夏葉も休憩どうぞ」

店内にいた最後の客を見送って、冬雪が振り返る。

「はい、それじゃお先に上がらせてもらいます」

「はーい、休憩行ってきまーす……」

気の抜けた返事をして、夏葉は越智に続いて奥のバックルームへ入った。

事務室を兼ねた小さな部屋には、ロッカーと机、椅子が何脚か置いてある。椅子を引いて座り、夏葉はため息をついて机に突っ伏した。

「どうした、昨日からなんか元気ないな」

制服を脱いで着替えながら、越智が気遣わしげに夏葉の顔を覗き込む。

「ああ……ちょっと疲れ気味かも」

「めずらしいな」

私服に着替え終えた越智が、夏葉の向かいの席に座る。

「当ててみようか。ずばり、恋の悩み」

「……えっ」

思わず夏葉は、がばっと顔を上げた。越智と目が合って、ぱあっと頬が赤く染まる。

「図星だな」

越智がにやりと笑う。

「………」

越智にこの話をしていいものかどうか、夏葉は迷った。

つい最近交際を申し込まれて断ったばかりなのに……他の男の話をするのは無神経というものだろう。

「遠慮せずに言ってみろって。入江のことだから俺に気を遣ってんだろうけど、俺は終わった恋は振り返らない主義だから」

「…………まじ？」

「まじ。誰か好きな人ができた？」

しばしの沈黙ののち、夏葉は越智に相談してみようと決めた。

越智は同性愛者だし、なんといっても恋愛経験が豊富だ。彼ならこういう場合どうするのか、考えを聞いてみたい。

「………かもしれない」

ぼそりと呟いて、夏葉は俯いた。

「かもしれない？　はっきりしないなあ。もしかしてその人につき合ってくれって言われた？」

俯いたまま、夏葉は首をかくんと前に倒して頷いた。

「実を言うと俺、誰ともつき合ったことないし、誰かと深い仲になりたいって思ったこともなかったから、まだよくわからないんだ。……その人が運命の相手かどうか、わからないし」

夏葉の話を聞いて、越智は「うーん」と小さく唸った。

「そっか、入江は運命の相手を探してるのか。まあそれが悪いってわけじゃないけど……運命の相手っていうのは、会った瞬間にそれとはっきりわかる場合と、時間をかけてじわじわわかる場合があると思うんだ」

「…………」

越智の言葉に、夏葉は身を乗り出して耳を傾けた。

「出会った瞬間にわかるのなんて、ほんのひと握りだと思うよ。いわゆるひと目惚れってやつ？　俺はひと目惚れなんてあんまり当てにならないと思ってるけどね」

「……言えてる。ひと目惚れはないいな」

孝史と初めて会ったときのことを思い出し、力強く断言する。

「だったら時間をかけて、その人が運命の人かどうか見極めるしかないんじゃない？」

「どうやって……？」

必死な顔で質問する夏葉に、越智が苦笑する。

「入江はちょっと難しく考えすぎだよ。たとえばさ、駅で別れるときなんかに、もう少し一緒にいたいって思える相手かどうか。また会いたいって思ったり、こいつのこういうとこ好きだなって発見があったり、相手を好きになるって、そういう些細《ささい》なことの積み重ねだろ」

「……うん」

「その積み重ねの過程で、自然とわかるもんじゃない？　ああ、この人とはこれ以上無理だな、とか、この人こそ人生をともにするパートナーかも、とか」

「……うん」

「だから難しく考えずに、好きだと思うなら素直につき合っとけって」

「…………そっか……もう少し一緒にいたいと思える相手か……」

越智の言葉をくり返して、夏葉は先日のデートに思いを馳《は》せた。

――土曜日は、結局孝史の部屋に泊まった。翌朝孝史が車で家まで送ってくれたのだが……そのときに感じたのは、確かに〝もう少し一緒にいたい〟〝次に会えるのはいつだろう〟という気持ちだった。

まだ孝史のことをよく知らないし、深い仲になるのが怖い気もする。

けれど、勇気を出して、一歩踏み出してみてもいいかもしれない。

「……ありがと。なんかすげー目からウロコ」

「どういたしまして。入江には幸せになって欲しいから、またいつでも相談に乗るよ」

友人の温かい気遣いに、夏葉はじんと胸が熱くなった。

10

――次の土曜日。

孝史との二回目のデートは、都内の植物園に出かけることになった。

毎回車で迎えに来てもらうのは悪いので、この日は駅で待ち合わせをした。

(いた……っ)

雑踏の中に孝史の姿を見つけ、それだけで胸が高鳴ってしまう。

今日も孝史は、待ち合わせの時間よりも早く来ていた。気持ちを落ち着かせるように深呼吸してから、夏葉はゆっくりと孝史に近づいた。

「……おはようございます」

「ああ……おはよう」

前回と同じように、会ってすぐは、お互いにどこかぎこちない。

(あれ？　なんか雰囲気が違うような……)

目を瞬かせながら見上げていると、孝史が怪訝そうな顔で夏葉を見下ろした。

「どうかしたのか？」

「え？　いや……なんかちょっと雰囲気が違うような気がして」

「ああ、昨日理髪店に行ったからだろう。おかしいか？」

「いえ、全然」

おかしくはない。髪を切った孝史がやけに爽《さわ》やかで、なんとなく落ち着かない気分にさせられるだけだ。

「じゃあ行こうか。駅からちょっと歩くらしい」

「はい」

孝史と肩を並べて、知らない街を歩く。

三月も下旬になり、日差しは春めいて、風も穏やかだった。

（そっかー、孝史さんて、美容院じゃなくて理髪店なんだ）

夏葉は冬雪と同じ、地元の美容院でカットしてもらっている。仁史はスタイリストがついているので理髪店とは無縁だし、なんだか新鮮だった。

そういえば、平日の孝史はどういう生活をしているのだろう。仕事のことなども訊いてみたい気がする。

「店のほうは、大丈夫か？」

「えっ？」

「土曜日は忙しいんだろう？」

「ええ……でも、俺の他にバイトがひとりいるので大丈夫です。今後俺は就活とかでこれまでのようには手伝えなくなりそうなんで、もうひとり新しいバイトを募集してるところです」

越智は親の経営する会社に入ることが決まっており、就職活動はしないらしい。夏葉が抜けても越智がいてくれるので、その点は安心だ。

「そうか。就活か……。希望の職種は考えてるのか？」

「公務員試験を受けるつもりです。あとは銀行とか信金とか」

「公務員試験か。それじゃ忙しくなるな」

「そうですね……」

まるで人ごとのような言い方に、夏葉は少々がっかりした。

忙しくても会える時間を作ろうとか、そんなふうに言ってくれるものだと思っていた。

（……いや、まだつき合うって言ってないから、仕方ないか）

それにしても、思い描いていたような甘い雰囲気にならないのはどうしてだろう。

冬雪と仁史は、会えば一瞬でふたりだけの濃密な世界を作るカップルだ。恋人同士というのはああいうものだと思い込んでいたが、どうやら皆が皆あのような愛情表現をするものではないらしい。

（孝史さん、自分でも四角四面だって言ってたしな……）

今後も会うたびにこんなふうにぎくしゃくするのだろうか。

それとも、恋人同士になれば少しは甘い雰囲気になるのだろうか。

「ああ、見えてきた。あそこだ」

孝史の指さす方向に、植物園の看板が見える。

（……先のことはともかく、せっかくこうして時間作ってくれたんだから、今日のデートを楽しもう）

そう考えて、夏葉はもやもやした気持ちを振り払った。


孝史が提案した植物園は、デートの場所としてなかなかいい選択だった。

園内は思っていたよりも広く、見所もたくさんある。中でもいちばん面白かったのが、ガラス張りの巨大な温室だ。

「うおお、こんな変わった花、初めて見た……」

色とりどりの蘭《らん》が咲き乱れる一角で足を止め、夏葉はその奇妙で美しい造形に歓声を上げた。

「蘭はときどきすごいデザインの花があるな」

「ええ、人間には思いつかないような画期的なデザインですよね」

駅で待ち合わせたときのぎこちなさは薄れ、会話も弾む。

「ねえ、これ、人の顔に見えませんか？」

手のひらほどもある大きな花を指し、孝史のほうを振り返る。

「そうか？」

「ほら、ここが目。ここが舌。こんなふうに、べーって」

夏葉が蘭の顔を表現してみせると、孝史が声を立てて笑った。

「そういう発想はなかったな」

「あっ、蝶々が飛んでる！」

温室内を優雅に飛ぶ蝶に目を奪われ、上を見上げて立ち尽くす。

「……っ！」

ふいに孝史に手を握られ、夏葉は驚いて飛び上がった。

「……ちょ、ちょっと……っ」

焦って振りほどこうとするが、孝史は握った手を放してくれなかった。

「誰も見てない」

しれっとそう言って、視線は蝶を追っている。

温室には、夏葉たちの他に老夫婦とベビーカーを押す若いカップルがいるだけだ。孝史の言うとおり、鬱蒼《うっそう》と茂った熱帯植物の葉に遮られて、向こうからこちらの様子は見えないだろう。

「………」

見られていないとわかっても、かあっと顔が赤くなる。

いちいち赤くなってしまう自分が恥ずかしくて、夏葉は黙り込んだ。

「私に触れられると緊張するか？」

「…………うん」

正直に、夏葉は答えた。こういうとき、相手が年上だと自分の経験値の低さを素直に認めることができる。

「困ったな……きみを緊張させたいわけじゃないんだが」

「わ、わかってる。俺も、緊張なんかしたくないんだけど……っ」

夏葉の華奢な手を、大きな手が安心させるように包み込む。

しかし同時に、孝史の親指は夏葉の手首をくすぐり、官能を煽るような真似もした。

「……っ」

「ここも感じるのか？」

低い声で囁かれ、背筋がぞくりとする。

「……なっ、こ、こんなところで変なこと言わないでよ……っ」

慌てて夏葉は、孝史の手を振り払った。

「悪い。つい」

孝史が、低い声で小さく笑う。

「つい、じゃねーよ……」

照れくさくて、ぶっきらぼうな口調になってしまう。

しかし心臓は恥ずかしいほどどきどきしていた。

（うー……俺ってほんとガキ。こういうのをさらっとかわせるかっこいい大人になりたい……）

孝史は恋愛に長《た》けているようには見えなかったが、こうして一緒にいると、決してそうではないことがわかる。

（そりゃそうだよな……背が高くて男前だし、超エリートだし、女の人が放っておくわけないもんな）

今まで孝史がつき合った女性たちに嫉妬《しっと》するわけではないが……経験値の差を見せつけられて少々悔しかった。

「夏葉、来てごらん」

バナナの木を見上げながら、孝史が手招きをする。

名前を呼ばれると嬉しくて、でもそれを孝史に知られたくなくて、夏葉は不機嫌な顔を保ちつつ孝史のほうへ向かった。

ちょうど通路の向こうから若い女性のふたり組が歩いてきて、すれ違う。ふたりとも好奇心たっぷりに孝史の全身をチェックしているのがわかった。

彼女たちが通り過ぎるのを待って、夏葉はちらりと孝史を見上げた。

「……孝史さんって、もてるんだね」

「なんだ、急に」

孝史が怪訝そうに眉をひそめる。

「今さっきの女の子たち、目を皿のようにして孝史さんのこと見てた」

「妬《や》いてるのか？」

「違う。そんなんじゃねーよ。ただ、俺と違っていろいろ経験してるんだろうなーって……」

「それほどでもない。今までつき合ったのは三人だけだ」

孝史が馬鹿正直に申告する。

「そういうの、聞きたくない」

ぷいとそっぽを向いて、夏葉は唇を尖らせた。

「どうして？」

「だって……歳の差を実感させられるじゃん。俺、あんたから見たらほんと子供だし」

夏葉の言葉に、孝史がふうっとため息をつく。

「私が歳の差を気にしていないと思うか？」

「……気にしてるの？」

「ああ。さっききみが言っていた店のバイトというのは駅できみにキスしてた男なんじゃないかと疑っているが、そういうことをいちいち言ってうるさいオヤジだと思われたくない、とか」

孝史の意外な言葉に、夏葉はぷっと噴き出した。

「そんなこと思ってたんだ。その場で言ってくれればいいのに」

「服装だって、ジェネレーションギャップを感じている。仁史に言われたんだ。兄貴は私服のセンスがおじさんくさいから、実年齢より老けて見えると」

「ああ……それは確かに……」

つい仁史の意見に同意してしまい、夏葉は慌てて口をつぐんだ。

夏葉は二十歳、孝史は三十二歳。ひとまわりの歳の差は、結構大きい。

けれど気にしていたのは自分だけではないと知って、夏葉は少しほっとした。

「……ごめん、俺、自分のことばっか考えてた。孝史さんがそんなふうに思ってるなんて、全然気づかなかった」

「いや、いいんだ。できればきみには隠しておきたかったんだが」

「ええ？　隠さないで言ってよ」

夏葉が笑顔で見上げると、孝史は一瞬固まり……それから小さく咳払いをした。

「それじゃあ訊くが、店のバイトというのは、駅できみにキスしてた男なのか？」

真剣な表情で問われ、頬が熱くなる。

くるりと背を向けて、夏葉は通路の手すりにもたれてサボテンを見下ろした。

「………そうです。けど、こないだ言ったでしょう。交際を申し込まれたけど、断ったって」

「……そうか」

孝史が短く頷く。

その満足そうな声音に、夏葉はくすぐったい気持ちで首を竦めた。


温室を出たふたりは、園内にあるパーラーで軽くお茶を飲んで、植物園をあとにした。

「温室、面白かったね」

「ああ、季節が変わったらまた印象が変わるだろうな。また来ようか」

「うん」

返事をしてから、夏葉はまだ肝心なことを言っていないことに気づいた。

――越智に言われてから、ずっと考えていた。

本当は、答えはとっくに決まっていたように思う。だけど踏ん切りがつかなくて、返事を先延ばしにしていた。

越智が言ったように、孝史ともう少し一緒にいたいし、また会いたい。意外な一面を知って、ますます好きになった……と思う。

いつからなのかはっきりしないけれど、いつのまにか孝史に惹かれていた。

今日みたいな〝好き〟を重ねて、いつか彼の特別な相手になれたら嬉しい。

（よし、言うぞ……っ）

街路樹の木陰で立ち止まり、夏葉は大きく息を吸い込んだ。

「孝史さん……！」

「ん？」

孝史が振り返り、夏葉のほうへ引き返してくる。

「あの、あのさ、こないだのことなんだけど！」

肩に力が入り、突っかかるような言い方になってしまう。

「こないだのこと、とは？」

「………ほら、つ、つき合いたいって言ってたじゃん」

真っ赤になって言い淀むと、孝史が大きく目を見開いた。

「ああ……そのことか」

「そのことだよ！」

うまく言えない自分がもどかしくて、やや切れ気味になってしまった。

なかなか甘い雰囲気になれないのは、孝史だけでなく自分の性格にも問題がありそうだ。

（ええと……なんて言えばいいんだ……っ）

言うと決めたものの、いざ本人に告げるとなると、どう切り出していいかわからない。

耳まで赤くなって目を泳がせていると、孝史がふっと口元に笑みを浮かべた。

「いい返事を期待していいのかな」

「………ああ」

そっぽを向いて、短く答える。

我ながら、色気の欠片《かけら》もない返事だ。言い直そうと口を開きかけるが、孝史にがしっと腕を摑まれて固まってしまう。

「……な、何？」

見上げると、孝史が食い入るように夏葉を見つめていた。

先ほどまでと、目の色が違う。まるで獲物を狙《ねら》う肉食獣のような目だ。

急に怖くなって、夏葉はあとずさった。

孝史に、生きたまま頭から食べられてしまいそうで……。

「行こう」

夏葉の腕を引っ張るようにして、孝史が猛然と歩き出す。

「え？　どこへ？」

「来ればわかる」

「わかった、放してよ、自分で歩けるから……っ」

孝史の手を振り払い、夏葉は新鮮な空気を求めて大きく喘いだ。

駅前まで戻ると、夕刻が近づいて大勢の人でごった返していた。

孝史は先ほどからずっと黙りこくって、険しい表情をしている。

（なんか……思ってたのと違う反応だな……）

つき合いたいという申し出に、夏葉なりにＯＫの返事をしたつもりだ。期待したような甘い雰囲気にならないのは、もしかして夏葉の真意が伝わっていないのだろうか。

「あのさ、さっきの……」

「ここにしよう」

ふいに孝史が立ち止まったので、夏葉は軽く彼の肩にぶつかってしまった。

「えっ？」

見上げると、大きなシティホテルがそびえ立っている。

思わず夏葉は、孝史の顔をまじまじと見上げてしまった。

「………どういうこと？」

「今すぐきみとふたりきりになりたい」

熱っぽい眼差しで見つめられ、かあっと頰が熱くなる。一拍置いてそれがどういう意味か理解し、今度はさあっと血の気が引いた。

「それって………え、エッチなことしたいってこと？」

視線を泳がせながら、小声で尋ねる。

夏葉の質問に、孝史が苦しげにため息をついた。

「あんまり煽らないでくれ……」

「えっ⁉　いや別に、そういうつもりじゃ……っ」

「……即物的で申しわけないが、私は今、きみと恋人同士になれたことを確かめたくてたまらない」

孝史が、夏葉に言い聞かせるようにゆっくりと言う。

その言葉に、夏葉は急に不安を覚えてあとずさった。

（ええと……それってどういうことだろう？　こないだみたいに裸で抱き合うってことかな。それとも………セックス？）

夏葉にも、一応男同士のセックスの知識はある。

けれど孝史はゲイではないし、もしかしたら先日のようにただ肌を重ねるだけの行為を言っているのかもしれない。

（どうしよう……訊いてみるべき？）

セックスをするのかと訊きたいが、恥ずかしくて口にできなかった。

夏葉が戸惑う様子を見て、孝史がふっと表情を和らげる。

「すまん、私はまたきみを緊張させているな」

「……そうですね」

「きみが嫌がることはしない……だけど、今すぐにきみに触れたいんだ」

孝史の切なげな声が、魔法のように夏葉の心を揺さぶる。

夏葉も孝史に触れたかった。恋人同士になった実感を、あのめくるめく快感の行為で確かめたかった。

「………行きましょう」

意を決して、夏葉は顔を上げた。


部屋のドアが閉まる音に、夏葉はびくっと体を竦ませた。

孝史がジャケットを脱いで、ソファの背に掛ける。

――孝史が取ってくれたのは、最上階のスイートルームだった。

見晴らしのいいモダンな部屋は、こんな場合でなければ歓声を上げたことだろう。

(落ち着け……孝史さんとふたりきりになったのは初めてじゃないんだし)

しかし、孝史の部屋を訪れたときとは状況が違う。

今の自分と孝史は、つき合い始めたばかりのカップルなのだ。

（うわー……俺……孝史さんとつき合ってるんだ。兄貴と仁史さんみたいに、恋人同士になったんだ）

遅ればせながら感激が込み上げてきて、胸が高鳴る。

「何か飲むか？」

「はい……水飲みたいです」

急に喉の渇きを覚えて、夏葉はソファに向かった。

隣のベッドルームが見えて、どきりとする。ダブルベッドがふたつ並べてあって、これから孝史とすることを想像して狼狽える。

「スパークリングと普通のミネラルと、どっちがいい？」

「えっと、スパークリングで」

孝史が備え付けの冷蔵庫からスパークリングウォーターを取り出し、グラスに注いでくれた。

「ありがとうございます」

グラスを受け取って、夏葉は立ったまま一気に飲み干した。

なんとなく落ち着かなくて、窓辺に近づいて景色を眺めるふりをする。

孝史もそばに来て、しばし無言でふたりで窓の外へ視線を向けた。

「………先にシャワー浴びるか？」

「………えっ⁉」

生々しいセリフに、夏葉は飛び上がらんばかりに驚いた。ドラマや映画で目にするフレーズを、まさか自分が言われる日が来ようとは。

「いえあの、えっと、浴びたほうがいいですか？」

「私はどちらでも構わない」

夏葉を見下ろす孝史の目には、はっきりと欲望の色が浮かんでいる。

「ちょ、ちょっと待ってください……っ」

腰に手をまわされそうになり、慌てて夏葉はその手を振りほどいた。

「あ、あのですね、やっぱり俺、すげー緊張してます……っ」

「ああ、わかってる」

「だからあの……こういうことは、また今度にしませんか……」

消え入りそうな声で、夏葉は申し出た。我ながら情けないが、孝史と恋人同士になったという事実だけで頭がパンクしそうだった。

「それは……なかなか厳しい提案だな」

言いながら、孝史がふっと笑みを浮かべる。そういうところにも大人の余裕が感じられて、夏葉はますます動揺した。

「じゃあこうしよう。きみがその気になるまで待つ。だが、私のリクエストも聞いて欲しい」

「……はい……」

「おいで」

そのリクエストというのがなんなのか、孝史は具体的には言わなかった。

けれど腰を抱き寄せられ……視線が絡み合うと、彼の唇を避けることができなかった。

「……っ」

恋人同士になって初めてのキスは優しくて丁寧で、しかし執拗《しつよう》だった。

夏葉の弱いところを知り尽くした舌が、官能を煽るように口腔内をまさぐる。

（……な、なんか、今までよりねちっこい……っ）

歯列まで確かめるように舌でたどられ、夏葉は息も絶え絶えに喘いだ。脚ががくがくと震え、立っていられなくなる。

「あ……」

夏葉の脚が震えていることなど、孝史にはお見通しだったようだ。優しく、けれどやや強引に寝室に連れていかれ、ダブルベッドの上に押し倒されてしまう。

「んん……っ」

再び唇を塞がれて、夏葉はたちまち官能に溺《おぼ》れた。

夏葉の初な体に火をつけることなど、孝史にとっては簡単なことなのだろう。頭の片隅でそう思うが、エロティックなキスの誘惑には抗えなかった。

「……っ！」

孝史の大きな手に胸をまさぐられ、体がびくんと震える。

感じやすい乳首は、とっくにシャツの下で凝っていた。孝史の手のひらに引っかかり、その刺激が快感となって体の中心に押し寄せてくる。

（ま、まずい……）

二度も恥ずかしい粗相をしてしまったことを思い出す。恋人同士になって初めての行為で、またあのような羽目になるのは避けたかった。

「ま、待って！」

孝史の唇から逃れ、不埒《ふらち》な動きをしている大きな手を掴む。

「どうした」

「……なんで、いっつも、胸触るんですか……っ」

羞恥に潤んだ瞳で、孝史を睨みつける。

そこが弱いのを知っていてわざと触ってくるなんて、孝史は意地が悪い。

「嫌だったか？」

孝史の問いに、夏葉は一瞬言葉を詰まらせた。

——あとになって思う。あのとき「嫌です」と即答するべきだった。

けれど快感を知った破廉恥な乳首は、孝史の愛撫をねだって痛いほどに疼いていた。

「……嫌じゃないんだな？」

孝史の手が、再び夏葉の胸に降りてくる。

そしてシャツの布地をぷっちりと持ち上げている肉粒を、からかうように指先でつつく。

「あ……っ！」

夏葉の声は、明らかに艶めいていた。

「きみのここは……本当に感じやすくて可愛い」

孝史が息を荒げ、夏葉のシャツのボタンを外しにかかる。

「ああ……っ」

凝った乳首にむしゃぶりつかれ、夏葉はびくびくと身悶えた。

舌で小さな乳輪の輪郭を確かめるようになぞられ、丸い肉粒に軽く歯を立てられる。

仕上げにきつく吸い上げられて、足の指が引きつるような強烈な感覚が訪れた。

「だ、だめ……っ」

乳首を責められるのが嫌なのではなく、服を脱がないとまずいという意味だ。

そうしないと、また下着を汚してしまう。

孝史にもそれは伝わったらしく、体を起こして性急な手つきで夏葉のズボンを脱がせ始めた。

「あ……」

白いボクサーブリーフが露わになり、もじもじと太腿を擦り合わせる。

……多分もう染みができている。

小ぶりな膨らみは、孝史の視線を感じてずきずきと疼いた。

「今日は意地悪はしない。替えの下着も用意していないしな」

「ああ……っ」

下着を引きずり下ろされ、桃色のペニスがぷるんと揺れる。

初々しい亀頭が透明な雫を滴らせるさまを、孝史が感嘆したように見つめた。

「きみのここは……本当に……」

孝史の言葉は、最後まで聞くことができなかった。

何を思ったのか、いきなり夏葉の先端を口に含んだのだ。

「ひあっ⁉　や、やだ！　何⁉」

大きな手が、ほっそりした茎の部分を握る。

小ぶりな亀頭を孝史の熱い粘膜で覆われて、初な夏葉が堪えられるはずもなかった。

「だめっ、出ちゃうから、あ、あああ……っ！」

びくびくと震えながら、夏葉は射精した。

孝史が口で受けとめ、残滓《ざんし》を搾《しぼ》り取るように茎を扱く。

「ああん、いや、いやあ……っ」

まさか、こんなことをされるとは思わなかった。

恥ずかしくてたまらない。けれど孝史の口の中は気持ちよくて、腰が砕けそうだった。

「あ……ん……」

ぴちゃぴちゃと音を立てて、孝史が夏葉の出したものを舐め取る。

射精の余韻なのか、次第に頭がぼうっとしてきて、夏葉は抵抗を忘れて孝史に身を委ねた。

(すごい……フェラチオってこんなに気持ちいいんだ……)

先日目にした孝史の逞しい勃起が脳裏によみがえる。あの大きく張り出した亀頭は、口に含んだらどんな感触なのだろう……。

「……!?」

淫らな妄想に耽っていた夏葉は、はっと我に返った。

孝史が夏葉の内股にキスしながら、脚を大きく割り広げたのだ。

「ちょ、ちょっと、何?」

恥ずかしい体勢を取らされて、夏葉は慌てた。

これでは尻の奥まで丸見えだ。まさかと思うが、孝史は後ろの穴を見ようとしているのだろうか。

「ひあぁ……っ!」

そのまさかだった。しかも目で確かめるだけでなく、舌を這《は》わせようとしている。

「やめて！　そんなとこ、舐めないで……っ」

きゅっと窄《すぼ》まった蕾の周囲を舐められ、夏葉は暴れた。

舐められた場所がじんわりと熱い。夏葉の意思に反して、初々しい蕾は秘めやかに、そして淫らにひくついた。

「濡らさないと痛いぞ」

孝史が顔を上げ、生真面目な表情で言う。

「ええっ⁉　やだ、そこはまだだめ……っ」

孝史が男同士のセックスを実践しようとしていることを知って、夏葉は狼狽えた。

初めてのセックスは、もう少し心の準備をする時間が欲しい。

「孝史さん、俺の嫌がることはしないって……っ！」

半ば涙声になって訴えると、ようやく孝史も夏葉が本気で抵抗していることが伝わったようだった。

「……わかった。今日はしない。だけど、今後のために少し馴らしておこう」

「馴らすって……？」

「こういうふうに」

「あ……っ！」

今度は指先で窄まりの周囲をなぞられ、うなじのあたりがぞわりと粟立つ。

「これは、嫌じゃないだろう？」

「い、嫌だよっ、ひああんっ」

嫌だと言ったそばから、甘い喘ぎ声が漏れてしまう。きゅっと窄まった皺をかき分けて、孝史の指が粘膜の入口に触れたのだ。

「男の体はこの中に気持ちいい場所があるって、知ってるだろう？」

「…………んっ」

繊細な皺を指の腹でまさぐられ、喘ぎと返事が一緒になってしまう。

……前立腺のことは知っている。

夏葉も若い男なので、性的なことに興味がないわけではない。そこに快感を得られる場所があるのは知っていたが、自分で弄るのは抵抗があり、まだ試してみたことはなかった。

（気持ちいいのかな……どんな感じなんだろう）

期待と好奇心が、恐怖心を少し上まわる。

「少しだけ、いいか？」

辛抱強く問われて、夏葉はおずおずと頷いた。

自ら脚を広げて、孝史が指を入れやすいように腰を浮かせる。

「……っ……」

入口を撫でていた指が、少しずつ粘膜の中に入ってくるのを感じた。

孝史は、夏葉の放ったものを指に絡めているようだった。浅く潜ってきた指がゆっくり中をかきまわすたびに、くちゅくちゅと恥ずかしい音が聞こえてくる。

「あ……」

中を弄られるのは、想像以上に気持ちよかった。

柔らかくほぐれた肛道に、孝史の指がじわじわと潜り込んでくる。

「ひあっ！」

突然、夏葉の体がびくりと震えた。

全身に電気を流されたような衝撃が走ったのだ。

「ここだな」

探り当てたポイントを、孝史が優しく指の腹で撫でる。

「うあっ！　や、そこ、やだ……っ！」

未知の感覚に、夏葉は驚いてもがいた。衝撃的すぎて、それが快感なのかどうなのかまだわからなかった。

しかし孝史は容赦なく夏葉の体を押さえつけ、執拗にそこを責めてくる。

「いあああっ、だめっ、あ、ああっ！」

――――二度目の射精は、唐突に訪れた。

まるで失禁したかのように、薄い精液がじわっと漏れる。

（……な、何、今の……）

いったい何が起こったのか、夏葉にはよくわからなかった。

頬を紅潮させ、瞳を潤ませて喘ぐ夏葉に、孝史の表情が苦しげに歪む。

「夏葉……！」

「あ……っ」

まだ射精の余韻に震えている体を強く抱き締められ、夏葉はぶるっと震えた。

孝史はまだ服を着たままだ。それでもズボン越しに、硬い高ぶりの感触が生々しく伝わってくる。

「孝史さん……っ」

早く直に肌を合わせたい。

この前のように、孝史の逞しい勃起で擦られたい。

孝史が夏葉の腰を跨ぐようにして膝立ちになり、シャツを脱ぎ捨てる。

夏葉も肘《ひじ》をついて体を起こし、孝史のベルトに手を伸ばした。

「外してくれるか」

「ん……」

一方的に脱がされるばかりではなく、夏葉も孝史の服を剝ぎ取りたかった。

欲情の熱に浮かされて、震える手でベルトを外す。

（あ……）

ズボンの前立てに、手が当たってしまった。

そこはすっかり硬くなって、大きく盛り上がっている。

「そこも……ファスナーを下ろしてくれ」

「……ん……っ」

孝史のそこに触れるのは初めてだ。布越しの感触だけで夏葉は興奮し、もどかしい思いでボタンを外し、ファスナーに手をかけた。

（うわ、ぱんぱんに張り詰めてる……っ）

孝史のものが邪魔して、うまくファスナーを下ろせない。

孝史が苦笑し、手を添えて手伝ってくれた。

「あ……」

ぴったりしたボクサーブリーフの前が、いやらしい形に盛り上がっている。ウエストの部分から赤黒い亀頭がはみ出して、ぬらぬらと光っていた。

孝史が下着を下ろし、すべてが露わになる。

太い茎には血管が浮き、どくどくと力強く脈打っていた。亀頭は大きく笠を広げ、割れ目から先走りを滴らせている。根元の玉も大きくて、ずっしりと重たげに揺れていた。

（なんか……すごい）

先日も目にしたが、こうして間近で見ると、その卑猥な造形にくらくらする。成熟した牡の性器は、夏葉の初々しいものと色も形もあまりに違いすぎて……。

「……触っていい？」

問いかける声は、欲情で掠れていた。

「ああ」

おずおずと手を伸ばし、まず茎の部分に触れる。そっと包み込むと、夏葉の華奢な手に余るほど太かった。

（うわ……かちかちだ……）

裏筋や血管も、夏葉の繊細なものとは触り心地が違う。

ふらふらと誘われるように、夏葉は亀頭に唇を近づけた。

「……だめだ。それはまた今度にしてくれ」

呻くように言って、孝史が夏葉の口淫を阻止する。

「え……」

「もう限界なんだ」

「あ……っ」

ベッドに押し倒されて、夏葉は艶めいた声を上げた。

孝史と密着したくて、無意識に両脚を孝史の体に絡ませる。

「夏葉……きみが欲しい」

「俺も……っ」

「私が言ってる意味、わかってるか」

孝史に問われ、夏葉は赤くなった。

孝史は、セックスしたいと言っているのだ。

(どうしよう……だけど……)

先ほど孝史に舐められ、指でほぐされた場所がじんじんと疼いている。

奥の気持ちいい場所を孝史の逞しい性器で突かれたら、自分はいったいどうなってしまうのだろう……。

「……わかってる……っ」

脚を大きく広げて、夏葉は挿入をねだった。

孝史が唸り声を上げ、夏葉の太腿を押さえつけて交接の体勢を取る。

「本当にいいのか」

「うん……俺も、孝史さんが欲しい」

「夏葉……!」

「あ、あああっ!」

熱く濡れた亀頭が、夏葉の小さな窄まりに押し当てられる。

狭い肛道をこじ開けられて、夏葉は悲鳴を上げた。

「痛いか」

半分ほど収めたところで、孝史が動きを止めて気遣わしげに問いかける。

「……ん、ちょっと……っ」

「少しだけ我慢してくれ」

夏葉の粘膜と自身の性器を馴染ませるように、孝史が小刻みに腰を揺らした。

「あ、あ……」

その動きが快感を呼び覚まし、粘膜が柔らかくほぐれ始める。

そればかりか、孝史の男根を奥へ誘い込もうとするように淫らに蠢《うごめ》き始め……。

「あ……っ！」

ずぶりと奥まで突き入れられて、夏葉は目を見開いた。

初めての挿入は、体をふたつに裂かれるような衝撃をもたらした。

けれど、痛みよりも孝史を受け入れた悦びのほうが大きい。

「動いても大丈夫か」

「ん、ゆっくり、して……っ」

孝史の男根が、ずるりと後退する。

「ひあぁ……っ！」

その瞬間、夏葉の体が激しく反応した。

張り出した雁が敏感な粘膜を引っかき、途轍《とてつ》もない快感が訪れたのだ――。

「やだっ！　な、何!?」

「これか？」

夏葉が何に反応したのか、孝史にはすぐにわかったようだった。もう一度奥まで突き入れ、雁を擦りつけるようにして腰を引く。

「いやっ、あ、ああっ」

次第に孝史の腰遣いが激しくなり、快楽が訪れる間隔が短くなる。

大きく張り出した亀頭で敏感な粘膜を擦られ、突き上げられ、言葉にならないほどの快感に夏葉は身悶えた。

そこから先の記憶はあまりない。

めくるめく快感の果てに、体の奥で孝史が熱い精液をたっぷりと放ったことだけは生々しく伝わってきた――。

11

四月の最初の日曜日。

アンブローシアのバックルームで、夏葉は物憂げな表情で携帯電話の画面を見つめた。

――初めてセックスをした日から半月。

あれから孝史は仕事が忙しくなり、一度も会っていない。先週は急な出張で五日間も留守にしていたし、その前後も連日残業していた。

（年度末だから忙しいのはわかるけどさ……）

土日も休日出勤しているらしいが、夜も会えないほど忙しいのだろうか。

（いやいや、孝史さんだって自分の生活があるんだし、夜はちゃんと休まないとね）

そう言い聞かせるが、会えないのは不安だった。

電話やメールはしている。出張先からも電話をくれた。

けれど、電話やメールでは物足りない。

冬雪と仁史のように長年つき合っているカップルならいざ知らず、自分と孝史はほんの半月前につき合い始めたばかりなのだ……。

（……セックスだって、あのとき一回したきりだし）

セックスするために会いたいわけではないが、つき合い始めたばかりのカップルにとって、二度目までこんなに間隔が空くというのは由々しき事態ではなかろうか。

こうやってひとりで悶々《もんもん》としていると、考えは嫌なほうへと向かっていく。

（……一回やってみて、満足しちゃったとか？　それとも一回やってみて、やっぱり男は無理だと思ったとか？）

そんなことを考えている自分も、女々しくて嫌だった。

本人に訊くわけにもいかず、不安と焦燥感が溜まってゆく。

「先輩！　おはようございまーす！」

バックルームのドアを開けて、新入りのバイトが元気に入ってきた。

三月末からここでアルバイトを始めた服部陽平《はっとりようへい》だ。近くの専門学校に通う十八歳で、明るく働き者の好青年なのだが、とにかくやたらとテンションが高い。

「ああ……もう午後だけどね……」

物憂げな視線を送り、ため息をつく。

「だめですよ先輩！　ため息つくと幸せが逃げるんですよ！」

「……ああそう……」

元気いっぱいの服部と互角に渡り合う気力がなく、夏葉は適当に頷いて机に突っ伏した。

――異変が起きたのは、その日の夜、閉店後のこと。

きっかけは一本の電話だった。夏葉と冬雪が店に残り、明日のランチの下ごしらえをしていたときのことだ。

「兄貴、携帯鳴ってる」

ボウルに割り入れたたまごをかき混ぜながら、夏葉は顎でカウンターのほうを指した。

「ほんとだ。誰だろ」

タオルで手を拭いて、冬雪はカウンターの上に置いてあった携帯電話を手に取った。

「あ、菊池《きくち》さんだ。はい、もしもし?」

菊池というのは、仁史のマネージャーだ。四十前後の実直な男性で、仁史と冬雪の関係も承知している。

「……え?　………そうですか。……わかりました」

冬雪の声に、夏葉は怪訝そうに振り返った。

冬雪が何やら深刻そうな表情で俯いている。

「どうしたの?」

通話を切った冬雪に尋ねる。

振り返った冬雪の顔は、血の気がひいて青ざめていた。

「……明日発売の写真週刊誌に、仁史くんのことが載るって……」

「え……？」

今にも死にそうな顔をしている冬雪に駆け寄り、夏葉はその細い肩に手を置いた。

「写真週刊誌って、どういうこと？」

「まだはっきりとはわからないけど、僕と仁史くんのこと……」

「……っ！」

——冬雪が怖れていたことが、ついに来てしまった。

ふたりの交際は周囲に知られないように細心の注意を払っていたが、仁史はいまや人気俳優だ。ゴシップ記者が何人も張りついて、二十四時間態勢で見張っている。

「ど、どうするの……」

「わからない。菊池さんも、今聞いたばっかりだって」

「仁史さんは？」

「撮影中。休憩時間になったら報告するって」

「兄貴……大丈夫？　とりあえずここに座れよ」

手近なテーブル席の椅子を引いて冬雪を座らせ、夏葉もその向かいに座る。

「大丈夫？」

「……ごめんね。夏葉にも迷惑かけちゃうかも」

口調はしっかりしているが、冬雪の表情はうつろだった。瞳も力なく曇っている。

「そんなことといいんだよ。それより兄貴が心配だよ」

「僕は仁史くんが心配だよ……僕のせいで……」

言葉を詰まらせて、冬雪が両手で頭を抱える。

「それは違う。仁史さんはこうなる可能性もちゃんとわかってて、それでも兄貴と一緒になることを選んだんだから！」

少しでも冬雪を励ましたくて、夏葉は拳を握って力説した。

「………孝史さんにも申しわけなくて……なんてお詫びしたらいいんだろう」

冬雪が苦しげに声を絞り出す。

「えっ、あ、ああ……」

孝史の名前が出て、どきりとする。

実は夏葉は、まだ孝史とつき合い始めたことを冬雪に報告していない。一緒に水族館や植物園に行ったことは話しているが、冬雪はまさかそれがデートだとは思いもしていないようだ。

(孝史さん……怒るかな。初めてここに来たとき、そういうスキャンダルが命取りになるって言ってたもんな)

孝史の反応が気になって、夏葉はそわそわした。

「このこと、孝史さんにも言うの？」

「……うん……まずは仁史くんと話し合うよ」

「俺からは、言わないほうがいいよね？」

「そうだね。仁史くんか僕から言ったほうがいいと思う」

電話の直後は顔面蒼白だった冬雪も、少し気持ちが落ち着いてきたらしい。淡々と言って、席を立ってキッチンに戻る。

冬雪のほっそりとした背中を見つめ、夏葉は大きく息を吐いた。

とにかく今は、冬雪が悲観的になって仁史と別れると言い出さないようにサポートせねばならない。

（孝史さんが別れろって言っても、俺は断固反対する）

もしかしたら、この件で孝史とは意見が対立してしまうかもしれない。

それでも夏葉は、冬雪の味方でいようと心に決めた。


十五分後、菊池から再び連絡があり、話し合いのために冬雪は仁史の所属する芸能事務所のオフィスに行くことになった。

菊池によれば、仁史のマンションは芸能記者が張り込んでいるらしい。当分自宅には帰らずに、ホテルに避難することになりそうだという。

ひとりでマンションに帰ってきた夏葉は、誰もいない部屋でため息をついた。

(おっと、いけね。幸せが逃げるんだっけ)

昼間服部に言われたことを思い出し、慌ててため息を呑み込む。

冬雪と越智は物静かなタイプなので、服部のような陽気なタイプが交ざるのはいいことかもしれない。見た目も可愛いし、きっと客にも気に入られるだろう。

(冬雪は一般人だから名前は出ないだろうけど、記者は知ってるわけだから……もしかしたら店のほうにも押しかけてくるかもな)

覚悟はしておかねばなるまい。あるいは、しばらく店を休業するか……。

明日その週刊誌が発売されたら、自分たち兄弟の生活は大きく変わってしまうかもしれない。

(……ま、今あれこれ考えても仕方ないか)

どの程度影響があるか、それは明日になってみないとわからない。とりあえず先に風呂に入っておこうと用意をしていると、ふいにドアのチャイムが鳴り響いた。

(……誰だろ)

もしかしたら、記者かもしれない。このマンションにはオートロックがないので、誰でも入ってくることができる。

足音を忍ばせて、夏葉はドアスコープに近づいた。

そっと覗いて、蛍光灯の下に立つ人物に「あっ」と声を上げる。

「孝史さん……！　どうしたの⁉」

勢いよくドアを開けて、夏葉は目を白黒させた。

「急に来て悪いな」

「いいよ、あ、入って」

誰かに見られているのではないかと不安になり、慌てて孝史を招き入れる。

すれ違いざまに孝史のコロンがほのかに漂ってきて、半月ぶりの香りに胸がざわめいた。

「聞いたか、週刊誌のこと」

頭上から降ってきた孝史の言葉に、ぎくりとする。

孝史は自分に会いに来てくれたわけではない。あのことを知って、それについて話し合うために来たのだ。

「……聞いた。さっき兄貴に菊池さんから電話があって」

くるりと背を向け、ダイニングテーブルに向かう。

「今兄貴は仁史さんと菊池さんと話し合うために事務所に行ってるよ」

「ああ、知ってる。仁史に来たければ来いと言われた」

「……行かなかったの？」

振り返って、夏葉は孝史を見上げた。

――半月ぶりの、恋人との逢瀬。

本当はドアを開けた瞬間に、その胸に飛び込みたかった。

けれど今はそれどころではない状況で、素直に「会いたかった」と言うことができなかった。

「あのふたりのことは、あのふたりと事務所に任せておけばいい」

肩を摑まれ、夏葉はびくっと震えた。

夏葉が緊張しているのを見て、孝史が苦しげな表情になる。

「何も心配しなくていい。週刊誌のことできっときみが不安になっているだろうと思って、それでここに来たんだ」

「……っ!」

そっと抱き寄せられて、心臓が大きく脈打つ。

感情が溢れ出しそうになり、夏葉はぎゅっと孝史にしがみついて厚い胸に顔を埋めた。

「会いたかった」

孝史の低い声が、彼の胸から直に響いてくる。

「……お、俺も……っ」

思いがけず、涙がぽろりと零れ落ちる。ずっと会えなかった不安と兄の件で張り詰めていた気持ちが、孝史に会って一気に崩れるのがわかった。

「ああ、悪かった。夜中にでも会いに来るべきだったな」

孝史が、夏葉をあやすように背中を撫でる。

「そうだよ……っ、俺、ちょっと顔見るだけもよかったのに……っ」

「……私はきみに嫌われたんじゃないかと不安だったんだ」

「え……？」

涙でぐしゃぐしゃの顔を上げると、孝史が微笑んで指先で涙を拭ってくれた。

「先だってのデート……かなり強引にきみを抱いてしまったから」

「……強引だって自覚、あったんだ」

憎まれ口を叩くと、孝史が声を上げて笑った。

「ああ。あんなに強引に手に入れたいと思ったのも初めてだし、我慢できずに実行してしまったのも初めてだ。あのときはきみと心が通じ合ったと思ったのに、その後電話するたびどこかよそよそしくて、だんだん不安になった」

「それは……仕事が忙しいって言うから、邪魔にならないように気を遣ってたんだよ」

「そんな気は遣わなくていい」

「…………ほんとに？」

「ああ。不安にさせて悪かった」

夏葉の前髪を優しくかき上げて、孝史が額にキスする。

唇は瞼、目尻、鼻の頭へと降りてきて、やがて唇へとたどり着く。

「……っ」

半月ぶりのキスは、甘くて激しくて、執拗だった。

与えられるばかりでなく、夏葉も執拗に孝史の唇を貪る。

(孝史さん……好き……)

恥ずかしくてなかなか口に出して言えない気持ちを、キスと抱擁に込めて伝えようと彼の首に手をまわす。

「……んん……っ」

体の芯が、熱く燃え盛っている。

大胆にも夏葉は、硬くなり始めた股間を孝史の太腿に押しつけた。

「夏葉……」

「……孝史さん……っ」

愛を確かめ合う方法を、夏葉の体は知っている。

心が通じ合った今、体は孝史を求めて熱く疼いていた。

(今はそれどころじゃないってわかっているけれど、でも……っ)

心も体もひとつになりたい。

孝史もそう思っていることが、はっきりと伝わってくる——。

燃え上がるふたりに水を差すように、ふいにドアの鍵ががちゃりと音を立てた。

「――――!?」

ドアを開けたのは冬雪だった。

ダイニングテーブルの横で抱き合う夏葉と孝史を見て、あんぐりと口を開けている。

「どうした?」

冬雪の肩越しに、伊達《だて》眼鏡をかけた仁史が覗き込む。そして冬雪と同じようにその場に固まった。

「……っ」

慌てて夏葉は孝史から離れ、証拠隠滅を図るように唇をごしごしと手の甲で擦った。

しかし潤んだ瞳や紅潮した頬を見れば、今まで何をしていたのか一目瞭然だろう。

「……とりあえず中に入ろうぜ」

先に我に返った仁史が、小声で冬雪を促す。

ドアを閉めるなり、仁史は眼鏡を外してまじまじとふたりを見つめた。

「驚いたな……いつからつき合ってるんだよ?」

「半月前からだ」

「なんで言わねーんだよ。水くせえだろ」

「いずれ報告するつもりだった」

言い合う大河内兄弟を尻目に、冬雪が大股で夏葉に詰め寄る。

「どういうことなの夏葉。孝史さんとつき合ってるって本当?」

「あ、ああ……」

冬雪の剣幕に圧倒されて、夏葉はおずおずと頷いた。

「なんでお兄ちゃんに言わないの」

子供の頃の口調に戻り、冬雪が眉をつり上げて詰問《きつもん》する。

「……だって……なんか言いづらくて……」

頬を染めて、夏葉はもごもごと言いわけをした。身内に恋人ができたことを報告するのは、どうにも照れくさくて居たたまれない。

夏葉を見上げていた冬雪が、はっとしたように凍りつく。

「まさか……まさか、もう……?」

「え?　え?　何?」

「冬雪が言いたいのは、おまえらもうエッチしたのかってことだろ」

仁史が後ろから口を挟み、夏葉と冬雪は真っ赤になった。

「い、今はそんなことどうでもいいだろ!　それより兄貴と仁史さんの問題はどうなったんだよ!」

慌てて夏葉は、矛先を仁史に向けた。

「ああ、それそれ。その話をしに来たんだった」

いちばんの当事者である仁史は、まるで他人ごとのように飄々《ひょうひょう》としている。

「気にしなくても、こんな噂無視してればそのうち収まるって。うちの事務所の先輩俳優も何年か前に男の恋人が発覚したけど、別に仕事に支障は出なかったし。社長いわく、不倫や二股はイメージダウン必至だけど、昨今同性愛はそれほどマイナスにならないってよ」

「おまえは芸能人だからそれでいいだろうが、冬雪さんに迷惑がかかるだろう」

孝史が腕を組み、険しい表情で追及する。

そのセリフに、夏葉は目をぱちくりさせた。

孝史が、仁史よりも冬雪の身を案じてくれたのが意外で……心配してくれていることに、胸がじわっと熱くなる。

「うーん……記事のコピー見た感じでは、名前も顔も出てないから大丈夫だと思うけど」

「兄貴の写真、出てないの?」

「いや、俺のマンションのそばで手つないで歩いてるとこ撮られた。でも冬雪は帽子被って俯いてたし、顔はほとんどわからねーよ。職業とかも、はっきりとは書いてなかったし」

「だけど……今度公開になる映画に影響出るんじゃ……」

それでもまだ冬雪は不安そうだった。自分のことよりも、仁史の仕事のことが心配で仕方ないらしい。

「かえっていい宣伝になるんじゃね?　あっ、そうそう、こないだ撮影した日米合作映画、共演のアメリカ人の俳優はカミングアウトしてるんだぜ。撮影現場に彼氏も遊びに来てて、なんかああいうの羨ましかったなー。俺もこの機会にカミングアウトしちゃおっかなー」

「そういう大事なことを軽々しく口にするな」

孝史が、苦虫を噛み潰したような顔でぴしゃりと遮る。

「大丈夫、カミングアウトするときはちゃんとみんなにも相談するよ。で、今後のことなんだけど、俺は当分マンションには帰らずに、事務所の用意したホテルにこもる。もちろん冬雪も一緒だ」

「兄貴も一緒？　それじゃつき合ってるって言いふらすようなもんじゃない」

仁史の提案に驚いて、夏葉は唇を尖らせた。

「一応部屋は別々にするから大丈夫。ここよりは絶対安全だろ」

冬雪と同じホテルに泊まっていて、仁史が大人しく自分の部屋にこもっているとは思えない。だが仁史の言うように、オートロックのないこのマンションよりはプライバシーが保てるだろう。

「わかった……」

しぶしぶ、夏葉は頷いた。しばらくここにひとりで留守番することになりそうだ。

「で、このマンションも記者が嗅ぎつけてくるかもしんないから、夏葉を兄貴のマンションに避難させてやってくんない？」

「もちろんだ」

「え、お、俺、孝史さんとこ行くの？」

「ちょっと待って」

その提案には、冬雪が黙っていなかった。

「さっきまでふたりがつき合ってること知らなかったから、それがいちばんいいと思ったけど、ふたりがそういう関係なら僕は反対だよ。誤解しないで欲しいんだけど、ふたりがつき合うことに反対してるんじゃないよ。だけど、まだつき合い始めたばかりなんでしょう？　やっぱり節度というものが……」

気色《けしき》ばむ冬雪の肩を、仁史がなだめるように抱き寄せる。

「残念ながら手遅れだ。このふたり、もうやっちゃってるって」

「なんでそう言えるの？」

「だってよ、こないだ会ったときは子供子供してた夏葉が、今は一丁前にえろいオーラ漂わせてるじゃねーか。まあまだ冬雪の色気の足元にも及ばないけどな」

「……そうなの？　そうなの、夏葉⁉」

まなじりをつり上げた冬雪に問い詰められて、夏葉は真っ赤になって口ごもった。

その様子を見れば、夏葉と孝史が一線を越えたことは、一目瞭然だった――。

孝史のマンションに足を踏み入れて、夏葉はぺこりと頭を下げた。

「しばらくお世話になります」

「なんだ、他人行儀だな」

孝史がおかしそうに笑う。

「だって兄貴が……こういうのはちゃんとけじめつけなさいって」

生真面目に答えて、夏葉は照れ隠しに唇を尖らせた。

夏葉に自覚はないが、その仕草に初々しい新妻のような恥じらいが見え隠れする。

孝史が眉間に皺を寄せ……気持ちを落ち着かせるように、大きく肩で息をした。

「……きみのお兄さんは牽制したつもりなんだろうが、かえって私を煽っていることに気づいてないんだな」

「え？　何？」

「いや、なんでもない。机はそこのを使ってくれ。クローゼットも一部空けておいた」

「ごめんね、仕事忙しいのに」

「気にするな。忙しいのも今週いっぱいで終わる。それに、わざわざ外で会わなくても家に帰れば会えるようになったしな」

「そうだね……あ、俺、飯作るよ。料理は結構自信あるんだ」

夏葉がにっこり笑って振り返る。

孝史が理性を保てたのは、そこまでだった。

「夏葉……！」

「え、ちょ、ちょっと、何⁉」

いきなりきつく抱き締められて、夏葉は目を白黒させた。

「もう限界だ。さっき邪魔が入らなかったら、あの場できみを押し倒すところだった」

「あ……ああっ」

大きな手に尻を揉まれ、腰がびくびくと震えてしまう。

「寝室へ行こう」

熱っぽく囁かれ、夏葉はぎゅっと孝史の首にしがみついた。


「あ、だめ、触らないで……っ」

ズボンの上から股間をまさぐられ、夏葉は太腿を擦り寄せて身悶えた。

「さっききみの家でキスしたとき、勃ってただろう」

「……っ」

自分で押しつけたとはいえ、口に出して言われると恥ずかしい。

真っ赤になって顔を背けると、孝史がくすりと笑った。

「ずっと気になっていたんだ。また下着を濡らしてるんじゃないかと」

「なっ、そ、そんなこと考えてたの⁉」

「考えるさ。あんな姿を見せられたら……」

「ああ……っ」

ジーンズをずり下ろされて、青いボクサーブリーフが露わになる。

中心の小さな染みを見つけて、孝史が満足そうに指でなぞった。

「や、やだっ、恥ずかしいから見ないで……っ」

「きみはわかってないな。きみが恥ずかしがる姿が、どれだけ私を駆り立てるか」

「な……っ、何言って……ひああんっ」

Tシャツを捲《まく》り上げられ、乳首に吸いつかれる。

右の乳首を甘咬《あまが》みし、左の乳首を指で捏《こ》ねまわし、孝史は容赦なく夏葉を追い上げた。

「あ、あんっ」

下着の中で、鈴口から先走りが漏れてしまう。

孝史がまた夏葉に恥ずかしい思いをさせようとしていることを知って、夏葉はそうなる前に自分でパンツを脱ぐことにした。

「何をしてるんだ」

夏葉の抜け駆けを、孝史が見咎める。

「パンツ、脱いでるんだよ……っ」

「まだ脱がなくていい」

「嫌だ、脱ぐ！」

短い攻防の末、夏葉はパンツを脱ぐことに成功した。

(勝った！)

そう思ったのも束の間、孝史が意地の悪い笑みを浮かべる。

「自分から脱ぐなんて、積極的だな」

「あ……っ」

脚を割り広げられ、恥ずかしい場所が全開になる。快感を知った清楚な蕾が、ひくひくと震えて挿入を待ち侘びていた。

「自分で脚を押さえていなさい」

命令して、孝史がサイドテーブルの引き出しに手を伸ばす。

見慣れないボトルを取り出して液状のものを手のひらにすくうのを、夏葉は焦点の合わない目で見守った。

「何それ……」

「潤滑用のローションだ」

「ひあ……っ」

冷たいジェル状の液体を蕾に塗り込められ、夏葉はびくびくと震えた。

「初めてのときも用意しておくべきだったんだが……あのときは準備不足で悪かった」

「あ、ああっ」

ローションのぬめりを借りて、指が中に潜り込んでくる。

前立腺に当たりそうで当たらなくて、夏葉は無意識に尻を揺らした。

「だめだ。気持ちいい場所はこれで擦ってやる」

「あ……」

孝史が体を起こし、ワイシャツを脱ぎ捨てた。そしてベルトを外し、ズボンの前を開けて、下着を押し下げる。

仕立てのいいズボンの前立てから、猛々しい性器がそそり立っていた。

それを早く入れて欲しい。

卑猥な眺めを堪能する余裕もなく、夏葉は脚を広げて蕾をひくつかせた。

「入れるぞ」

「ああ……っ」

ずぶりと突き入れられて、体が弓なりに反る。

無意識に肛道を収縮させて、夏葉は孝史の太いものを食い締めた。

孝史がうっと呻き、眉根を寄せる。

「少し緩めてくれ……」

「え、ど、どういうこと？」

「きみの尻が、私のものをぎゅうぎゅうに締めつけている」

そう言われて、夏葉は真っ赤になった。

咥え込んだ孝史の形が、手のひらで握ったときのようにはっきりとわかった。雁の段差まで伝わってきて、はしたなく先走りが溢れてくる。

（……孝史さんのおっきいのが、俺の中に入ってる……っ）

質感をしっかりと確かめたくて、無意識に淫らな粘膜を絡みつかせる。

孝史が獣じみた声を上げ……夏葉の中でどくんと大きく脈打つ。

「あああ……っ」

熱い液体の奔流を感じて、夏葉は身悶えた。

夏葉の締めつけに耐えきれず、孝史が射精したのだ……。

「た、孝史さん、今……」

「ああ……すまない」

「ううん、あ、いや、まだ抜かないで……っ」

中に出される感覚がたまらなくて、残滓を搾り取るように締めつけてしまう。

「あ、た、孝史さんの……、まだおっきい……っ」

「あんまり煽るな……っ」

中に入ったままの性器が、ぐんと体積を増すのがわかった。

「夏葉……！」

「ああっ、あ……っ！」

孝史が、力強く夏葉の蜜壺を突き上げる。

恋人同士の久しぶりの逢瀬は、甘く熱く燃え上がった――。

12

――写真週刊誌の発売から二週間。

書店の棚を見渡した夏葉は、件の雑誌の最新号を手に取り、目次に仁史の名前がないのを確認して、ほっと胸を撫で下ろした。

仁史と冬雪の手つなぎ写真は、今をときめく人気俳優の初スキャンダルとあって、週刊誌の発売から数日はマスコミを大いに賑わせた。ワイドショーなどでも取り上げられ、ネットでも話題になったが、幸い冬雪の名前や詳細はいっさい表に出なかった。

驚いたことに、世間の反応は「やっぱりそうだったか」というのが大半だった。

夏葉は知らなかったのだが、仁史は前々から「ゲイではないか」と噂されていたらしい。

女性がらみのスキャンダルが皆無であること、女優やモデルから誘われてもまったくなびかないこと、そういう話は芸能界だけでなく、ネットにも流れるものだ。

女性ファンの中にはショックを受けた者もいたようだが、「女に取られるくらいならゲイのほうがいい」という意見もあり、全体的な印象としては〝女性とのスキャンダルよりはまし〟が多数派、という感じだった。

いちばん心配していた仕事への影響もほとんどなかったようで、その点は冬雪が大いに安心していた。

雑誌コーナーを離れ、就活本を物色していると、ポケットの中でメールの着信音が鳴り響いた。

画面を確認すると、冬雪からだった。

『今夜からマンションに戻ります。もうマスコミもいません。夏葉も早く帰っておいで』

書店の外に出て、夏葉は返事を打った。

『了解。今夜すぐには無理だけど、俺も近々帰るよ』

携帯電話をしまって、夏葉はふうっと息を吐いた。

数日前から、そろそろ家に戻ろうと思っていたところだ。

しかし孝史には『まだここにいればいい。別に支障はないだろう』と引きとめられている。

（……俺もできれば孝史さんと一緒にいたいんだけど）

いまやふたりは、熱々の新婚状態だ。

それはそれでめでたいことだが、今年は夏葉も就活が控えているし、冬雪の言うとおり、けじめというものをつけなくてはいけない気がする。

（孝史さんて……思ってたよりタフっていうか、結構意地悪だし、ねちっこいし……）

夜の営みのあれこれを思い出し、赤くなる。

ゆうべもしつこく攻め立てられて、まだ腰のあたりに気だるさが残っている。今日はだめ、とはっきり言ったのだが、キスや愛撫で蕩《とろ》かされ、なし崩しに許してしまい……。

（でもあれ……すごく気持ちよかった……）

エロティックな体位での交わりを思い出し、体の芯がずくんと疼く。

（うわーっ、こんなことばっか考えてるからだめなんだーっ！）

慌てて恥ずかしい記憶を振り払い、夏葉は書店の向かいのスーパーを目指した。


スーパーで食材を買ってマンションに帰ると、めずらしく孝史が先に帰宅していた。

「ただいま……どうしたの？　今日は早いね」

「ああ、おかえり。ちょうど仕事が一段落したんだ」

「そっか。あ、あのさ、さっき兄貴からメールが来たんだ。今夜から家に戻るって」

「ふうん」

ネクタイを外しながら、孝史がおざなりに相槌を打つ。

先日ひと悶着あって、孝史と冬雪は少々険悪な空気なのだ。

……事の発端は、夏葉の首筋についていたキスマーク。それを見つけた冬雪が激怒し、『こういうことをされては困る』と孝史に苦言を呈したのだ。

（兄貴も思ってた以上に過保護っていうか……俺もう二十歳なのに）

仁史いわく、大事に大事に育てた花を手折《たお》られて、ショックを受けているらしい。

冬雪が心配する気持ちもわかるが、もう少し孝史と歩み寄って欲しいものだ。

「……それでさ、俺もそろそろ帰ろうと思って。兄貴ひとりじゃ心配だし」

夏葉の申し出に、案の定孝史が不満そうに眉根を寄せる。

「お兄さんだっていい大人なんだし、ひとりで大丈夫だろう」

「それはまあ、そうなんだけど……」

ちらりと孝史を見上げる。冬雪と孝史の板挟みになるとは、想像もしていなかった。

「きみの食器をそろえたばかりだぞ」

「週末とかにまた来るよ」

「私と一緒にいるのは嫌なのか？」

「いや、そうじゃないけど……」

「言ってくれ、何が問題なんだ」

孝史に詰め寄られて、夏葉は真っ赤になって俯いた。

「だって……一緒に住んでると、毎晩、その……」

「セックスは週三回程度に抑えてくれと言われたからそうしている」

「そ、そうだけど、しない日だって結局……っ」

孝史の言うセックスは挿入までのフルコースのことで、手や口での行為はカウントしないらしい。

『や、やめて、今日はしないって……っ』

『最後まではしない。ちょっと触るだけだ』

そして結局、なし崩しにフルコースへと突入するのだ。

「……まあ確かに、ここのところその約束を守れないことが多々あった。それは大いに反省している」

「それだけじゃなくてさ、俺、今年は就活だし……」

「私との愛欲生活に溺れるのが怖いのか」

古めかしい表現に噴き出しそうになって、慌てて顔を引き締める。

「……まあそういうこと」

「そうか……そうだな。きみはまだ若い。いきなり同棲というのは、抵抗があるかもな。きみを前にすると私も理性を失ってしまうので、ここは少し距離を置くべきか……」

距離を置くと言われると少々寂しい気もするが、けじめをつけるためには仕方がない。

しばしの沈黙ののち、孝史が顔を上げた。

「わかった。今回は譲歩しよう」

「ん……お世話になりました。あ、今夜は泊まっていくね。すき焼きしようと思って材料買ってきたし」

「夏葉」

キッチンへ向かおうとすると、孝史に呼び止められた。

「こういう期間限定の同居ではなく、いずれきちんと一緒に暮らさないか」

「え……？」

「仁史が冬雪さんとの同棲に向けて、新築マンションを購入したことは知ってるだろう。マンションは来年完成するそうだ。そうなったらきみはひとりになるし、その頃には就活も終わっているんじゃないか」

「……そうだね」

胸がじんわりと熱くなる。

孝史が自分との将来を考えてくれているのが嬉しかった。

「……夕飯の準備の前に、まずはキスしてもいいか」

言葉もなく、夏葉はその広い胸に飛び込んだ。

あとがき

こんにちは、神香《じんか》うららです。お手にとってくださってどうもありがとうございます。

今回は二組の兄弟のお話です。主人公の兄には彼氏がいて、思いがけない形でその彼氏の兄と出会うことになります。大河内兄×入江弟、大河内弟×入江兄のカップル、タイプは違いますが、二組ともすごく気に入っています！

タイトルを考える際、〝兄〟という字を見過ぎたせいか、だんだん〝兄〟が宇宙人に見えてきました。兄兄兄兄兄　←なんか今にもぞろぞろ歩き出しそうな感じがしませんか？

今回制作に携わってくださった皆さまには、過去最大級にご迷惑をおかけしてしまいました。明神翼《みょうじんつばさ》先生、お忙しいところ、本当に申し訳ありません。そして素敵なイラストをどうもありがとうございました。先ほど表紙を見せていただいて、絵の中のアンブローシアに行って、紅茶を飲みながらこのふたりを眺めていたい……としみじみ思いました。

そして担当さま及び編集部の皆さま……本当にごめんなさい。お力添えに感謝しております。

皆さまに楽しんでいただけることを願いつつ、このへんで失礼いたします。

神香うららでした。

こんにちは、明神翼です☆彡
「兄の彼氏の兄」、すっごく楽しんでイラストを
描かせていただきました♪
兄×弟ちゃんの誤解から生まれた恋も
ドキドキでしたが、すでにでき上がっている
弟×お兄ちゃんカップルも読んでてウフウフ
してしまいました✿
神香うらら先生、とってもステキで
カワイイお話と萌えを本当にありがとう
ございました♡

みょうじんつばさ☆

ダリア文庫をお買い上げいただきましてありがとうございます。
この本を読んでのご意見・ご感想・ファンレターをお待ちしております。

〈あて先〉
〒173-8561　東京都板橋区弥生町78-3
(株)フロンティアワークス　ダリア編集部
感想係、または「神香うらら先生」「明神 翼先生」係

❋初出一覧❋

兄の彼氏の兄…………………書き下ろし

兄の彼氏の兄

2013年6月20日　第一刷発行

著者　神香うらら

発行者　及川 武

発行所　株式会社フロンティアワークス
〒173-8561　東京都板橋区弥生町78-3
営業　TEL 03-3972-0346　FAX 03-3972-0344
編集　TEL 03-3972-1445

印刷所　図書印刷株式会社